Bianca

UN JUEGO DE VENGANZA
CLARE CONNELLY

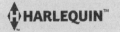

Editado por Harlequin Ibérica.
Una división de HarperCollins Ibérica, S.A.
Núñez de Balboa, 56
28001 Madrid

© 2017 Clare Connelly
© 2018 Harlequin Ibérica, una división de HarperCollins Ibérica, S.A.
Un juego de venganza, n.º 2635 - 11.7.18
Título original: Bought for the Billionaire's Revenge
Publicada originalmente por Mills & Boon®, Ltd., Londres.

I.S.B.N.: 978-84-9188-358-6
Depósito legal: M-16114-2018
Impresión en CPI (Barcelona)
Fecha impresion para Argentina: 7.1.19
Distribuidor exclusivo para España: LOGISTA
Distribuidor para México: Distibuidora Intermex, S.A. de C.V.
Distribuidores para Argentina: Interior, DGP, S.A. Alvarado 2118.
Cap. Fed./Buenos Aires y Gran Buenos Aires, VACCARO HNOS.

Prólogo

EL FERRARI devoraba kilómetros como si fuera consciente de la impaciencia de su conductor, cuya mente seguía en la llamada telefónica que había recibido esa mañana.

–Está arruinado, Nik, personal y económicamente arruinado. Ya no tiene nada que pueda hipotecar. Los bancos no le dan crédito. La fortuna de su familia se está yendo por el desagüe, y le falta poco para perderlo todo.

Nikos tenía motivos para alegrarse de la noticia. No era de buena familia. Había estudiado gracias a una beca, y siempre se había encontrado con la oposición de hombres como Arthur Kenington, que despreciaban a los pobres. Pero lo de aquel hombre iba más allá.

No contento con ofrecerle dinero para que se alejara de su hija, Kenington habló con ella y la convenció de que él no estaba a su altura. De la noche a la mañana, la mujer de la que Nikos creía estar enamorado le rompió el corazón y lo abandonó. La preciosa, enigmática y elegante Marnie lo expulsó de su vida con la misma frialdad que habría mostrado ante un objeto de poco valor.

La traición de Marnie había sido una experiencia verdaderamente dolorosa; pero, por otra parte, Nikos sabía que no habría llegado a lo más alto del mundo financiero si no hubiera sentido la necesidad de vengarse.

Al llegar al sur de Londres, sonrió y salió de la M25, una de las autopistas de circunvalación de la capital británica. Había conseguido lo que quería. Había triunfado. Aunque aún faltaba un pequeño detalle.

Marnie estaba a punto de descubrir que había cometido un error terrible con él. Ahora tenía poder; un poder más que suficiente para ayudar a Kenington, demostrar su valía y volver a conquistar el corazón de su antigua novia.

Y entonces, cuando lo tuviera entre sus manos, tomaría una decisión: apuñalarlo, como ella había hecho con el suyo, o mostrarse clemente.

Capítulo 1

MARNIE se lo repitió mil veces durante el camino a la ciudad. Se dijo que no fuera, que se diera la vuelta, que aún no era demasiado tarde.

Pero lo era.

Lo sabía desde que tuvo noticias suyas. La suerte estaba echada, y llegaba con aires de tormenta.

Nikos había regresado.

Y la quería ver.

El ascensor ascendió lentamente por la alta torre de acero y cristal, pero Marnie se sintió como si estuviera descendiendo a los infiernos. Estaba tan concentrada en su objetivo que ni siquiera se molestó en secarse su leve película de sudor. Necesitaba fuerzas para afrontar lo que le esperaba y sobrevivir a ello.

Tengo que verte. Es importante.

La voz de Nikos Kyriazis no había cambiado. Su tono seguía siendo tan firme como siempre. Incluso en los viejos tiempos, cuando solo era un joven de veintiún años sin un céntimo en el bolsillo, se comportaba con una seguridad rayana en la arrogancia. Y aunque ahora tenía muchos millones, no los necesitaba para ser quien era. Había nacido para ser líder.

La primera reacción de Marnie fue la de rechazarlo. Su relación era agua pasada, y era mejor que siguiera así; sobre todo, porque sabía que, en el fondo, seguía sintiendo algo por él. Pero Nikos dijo algo que le hizo cambiar de actitud:

Es sobre tu padre.

¿Su padre?

Marnie frunció el ceño entonces, y lo volvió a fruncir cuando llegó al edificio donde habían quedado. Sir Arthur Kenington ya no era el hombre que había sido. Se comportaba de forma extraña, y había perdido tanto peso que ella se había empezado a preocupar. Una preocupación que aumentó notablemente con la inesperada llamada de su antiguo novio, y la dejó sin más opciones que verlo.

Entró en el ascensor y pulsó el botón de la última planta del rascacielos de Canary Wharf, el distrito financiero de Londres. A su lado, iban dos desconocidos de traje y corbata, uno de los cuales la miró con interés. Marnie carraspeó y disimuló la incomodidad que sentía invariablemente cuando alguien la reconocía.

Al llegar a su destino, se encontró ante un enorme letrero que decía, sin más: KYRIAZIS. El corazón se le desbocó al instante, y su habitual aplomo la abandonó. De hecho, se había quedado tan pálida que uno de los desconocidos se preocupó por ella.

–¿Se encuentra bien? –le preguntó.

Marnie clavó en él sus ojos de color café y asintió con una sonrisa en los labios. Luego, respiró hondo y cruzó el vestíbulo hasta el mostrador de recepción.

–Buenas tardes, lady Kenington –dijo la recepcionista, admirando su cabello castaño y sus famosos y simétricos rasgos.

–Buenas tardes –replicó ella–. Tengo una cita con Nikos Kyriazis.

La recepcionista, una mujer de largo cabello rojo, señaló los sillones que estaban enfrente y dijo:

–Siéntese, por favor. El señor Kyriazis la recibirá enseguida.

En otras circunstancias, Marnie se habría reído. Llevaba toda la mañana y parte de la tarde esperando ese momento, como si fuera una especie de Día D. Y, en lugar de recibirla inmediatamente, la hacía esperar.

Disgustada, apretó los labios y se sentó en uno de los sillones. A su espalda, la pared de cristal ofrecía una vista espectacular de la capital inglesa, muy a tono con el éxito de Nikos.

Marnie estaba bien informada sobre su ascenso meteórico. Cualquiera lo habría estado, porque la prensa internacional había seguido sus pasos con sumo interés. Pero, naturalmente, ella tenía sus propios motivos para seguirlo y, como ya no estaban juntos, fantaseaba con la posibilidad de felicitarlo y buscaba noticias suyas en la Red.

Por desgracia, la vida emocional de Nikos atentaba una y otra vez contra sus sueños románticos, porque no había dejado de pensar en él. Salía con mujeres impresionantes, que siempre eran altas, rubias y extraordinariamente bellas; mujeres de carácter atrevido y pechos grandes que jugaban en una división muy superior a la suya, y frente a las que no habría tenido ninguna posibilidad.

Consciente de ello, se llevó una mano al elegante moño con el que se había recogido la melena y se lo retocó. No, nunca sería como aquellas mujeres. Estaba condenada a envidiarlas y admirarlas en la distancia, como todas las Marnie del mundo.

Veinte minutos después, la recepcionista cruzó la sala y se detuvo ante ella.

—¿Lady Kenington?

Marnie alzó la cabeza.

—¿Sí?

—El señor Kyriazis la está esperando.

Marnie respiró hondo, la siguió hasta el palaciego despacho y cruzó el umbral con la mente llena de preguntas.

¿Seguiría siendo el mismo?

¿Habría sobrevivido su antigua atracción? ¿O se habría disipado con el viento de los seis años transcurridos?

La recepcionista anunció su presencia y, a continuación, se fue.

—Hola, Nikos —dijo entonces Marnie.

Nikos estaba de pie, iluminado por el sol de media tarde. El tiempo había sido generoso con él. Tenía la misma cara de ojos oscuros, pestañas largas, pómulos altos y boca sensual, sin más defecto que una pequeña desviación en la nariz, consecuencia de un accidente que había sufrido en la infancia. Pero ya no era el jovencito que había sido, sino un hombre carismático que exudaba experiencia y poder.

Marnie tragó saliva, deseando acariciar su cabello, que llevaba más corto. Nikos la miró de arriba abajo, pasando por encima de su escote y terminando en su estrecha cintura.

—Hola, Marnie.

Ella se estremeció al oír su nombre en boca de Nikos. Siempre le había gustado su forma de pronunciarlo. Enfatizaba la segunda sílaba de tal manera que parecía sacado de una canción de amor.

–¿Y bien? –dijo ella, haciendo un esfuerzo por mantener la calma–. Me pediste que viniera a tu oficina, y no creo que me lo pidieras por el simple placer de mirarme.

Él arqueó una ceja, y Marnie sintió un cosquilleo en el estómago. Había olvidado lo guapo que era en persona. Y no solo guapo, sino también vibrante. Cuando fruncía el ceño, todo su cuerpo lo fruncía con él; cuando sonreía, todo su cuerpo sonreía con él. Era un hombre apasionado, que no ocultaba nada.

–¿Te apetece una copa? –preguntó con su voz dulce y especiada a la vez, como una mezcla de canela y pimienta.

–¿A estas horas? –replicó ella con desaprobación–. No, gracias.

Nikos se encogió de hombros y avanzó hacia Marnie, quien se quedó clavada en el sitio como si hubiera perdido la capacidad de moverse. Pero, por suerte para ella, se detuvo a medio metro y se limitó a observarla con una expresión imposible de interpretar.

–Dijiste que necesitabas hablar conmigo, que era importante.

–Sí, en efecto.

Nikos no dijo nada más. La siguió mirando con detenimiento, como si los días, los meses y los años transcurridos fueran una historia que pudiera leer en su cara.

Marnie había cambiado bastante en seis años; ya no llevaba el pelo largo y de color rubio, sino por los hombros y de color mucho más oscuro, con un par de mechas. Además, ya no salía a la calle sin maquillaje, aunque no lo hacía por gusto, sino por estar preparada: los paparazzi podían estar en cualquier sitio, esperando a sacarle una foto.

–¿Y bien? –preguntó, tensa.

–¿Tienes prisa, *agapi mu*? –dijo él.

Su cínica expresión de afecto le dolió tanto como si le hubiera clavado un puñal en el corazón, pero refrenó el impulso de responder de mala manera. Si no mantenía el aplomo, no saldría indemne de allí.

–Me has hecho esperar veinte minutos, y tengo un compromiso en otra parte –mintió ella–. Si quieres decirme algo, dímelo ya.

Nikos volvió a arquear una ceja y, esta vez, con desaprobación.

–No sé qué compromiso tienes, pero será mejor que lo canceles –replicó.

–Veo que sigues tan dictatorial como siempre.

La carcajada de Nikos resonó en la habitación.

–Creo recordar que eso te gustaba mucho...

–No he venido a hablar del pasado –replicó.

–No sabes a qué has venido.

Ella lo miró a los ojos.

–Eso es cierto. No lo sé. Y francamente, tampoco sé por qué te hice caso. No debería haber venido.

Marnie dio media vuelta y se dirigió a la salida, pero él la alcanzó antes de que llegara.

–Basta, Marnie –dijo él.

Ella se sobresaltó, y Nikos se dio cuenta de que estaba asustada. Daba una imagen fría, distante y segura, pero estaba asustada. Y sus grandes ojos almendrados traicionaron sus sentimientos antes de que recobrara el aplomo perdido.

–Tu padre está al borde de la ruina y, si no escu-

chas lo que tengo que decir, se declarará en banca-
rrota antes de un mes.

Marnie se quedó helada. Sacudió la cabeza e intentó rechazar su afirmación, pero era evidente que su
padre tenía problemas. Dormía poco, había perdido
peso y bebía más de la cuenta. Pero, en lugar de pre-
sionarlo o de hablar con su madre para que le dijera la
verdad, había preferido creer que no pasaba nada.

—No te estoy mintiendo —continuó él—. Siéntate,
por favor.

Marnie asintió, cruzó el despacho y se sentó en
una de las sillas de la mesa de reuniones. Nikos la siguió, le sirvió un vaso de agua y se acomodó enfrente.

—¿Qué ocurre? —preguntó ella entonces.

—Que tu padre ha cometido un error típico de los
que no toman precauciones en el mundo financiero, y
ahora está pagando las consecuencias de su estupidez.

Nikos lo dijo con desprecio, pero ella no intentó
defender a su padre. Ya no era una niña, y sabía que
Arthur Kenington no era precisamente un héroe.

Sin embargo, la muerte de su hermana había cambiado muchas cosas. Desde el fallecimiento de Libby,
Marnie había convertido el amor por su familia en
lealtad ciega. Su sentimiento de vacío le impedía hacer nada que molestara a las únicas personas que en-
tendían y compartían su dolor. Habría hecho lo que
fuera por evitarles más disgustos, aunque implicara
abandonar al hombre que amaba porque sus padres
desaprobaban su relación.

—Lo perderá todo si no lo ayudan. Necesita dinero,
y lo necesita de inmediato.

Marnie se giró el anillo que siempre llevaba, en un

gesto tan nervioso como inconsciente. Nikos miró su bello y casi etéreo rostro y sintió un conato de lástima. En otros tiempos, la idea de hacerle daño le habría parecido angustiosa. Si hubiera tenido que arrojarse delante de un autobús para salvarle la vida, se habría lanzado sin dudarlo.

Pero esos tiempos habían quedado atrás. Marnie había traicionado su amor y lo había rechazado con el argumento de que él no era suficientemente bueno para ella.

—Mi padre tiene muchos socios. Gente con dinero.

—Necesita una suma muy grande.

—La encontrará —dijo, con una seguridad que estaba lejos de sentir.

Nikos sonrió.

—¿Crees que puede encontrar cien millones de libras esterlinas antes de finales de mes?

—¿Cien millones? —repitió ella, atónita.

Él asintió.

—Y eso es solo el principio. Pero si te quieres ir, no seré yo quien te lo impida —replicó, señalando la puerta.

Marnie se volvió a girar el anillo.

—¿Y qué ganas tú con esto? ¿Qué interés tienes en los asuntos de mi padre?

Nikos soltó una carcajada seca.

—¿En los asuntos de tu padre? Ninguno —contestó.

Marnie frunció el ceño, sin perder su actitud envarada. Todo en ella, desde el moño hasta las uñas, indicaba su procedencia social. Daba exactamente la imagen que sus padres querían.

—Y supongo que me has llamado porque tienes un plan —dijo, clavando en él sus ojos—. Pero preferiría que te dejaras de rodeos y me lo contaras de una vez.

–No estás en posición de darme órdenes, Marnie.

Ella lo miró con sorpresa.

–No era una orden. O al menos, no pretendía serlo –se defendió–. Dime lo que ha pasado, por favor.

Él se encogió de hombros.

–Malas decisiones, malas inversiones, malos negocios... El motivo no importa.

–A mí me importa.

En lugar de darle explicaciones, Nikos se echó hacia atrás y dijo:

–Dudo que haya más de diez personas en el mundo que estén en posición económica de ayudar a tu padre. Y prácticamente ninguna que quiera hacerlo.

Marnie se mordió el labio inferior, intentando pensar en alguien que quisiera inyectar liquidez en el moribundo emporio de Arthur Kenington. Pero solo se le ocurrió un nombre: el del empresario que la estaba mirando en ese momento.

Nerviosa, se levantó y se acercó a la ventana. Londres vibraba al pie del rascacielos, llena de gente y de coches que iban de un lado a otro.

–Mi padre no te ha gustado nunca. ¿Cómo sé que no me estás mintiendo?

–Sus problemas económicos no son precisamente un secreto. Lo sabe todo el mundo –comentó–. Yo lo sé porque Anderson Holt me lo dijo.

Marnie se quedó helada al oír el nombre de la persona que se habría casado con su hermana si no hubiera muerto.

–¿Anderson? –acertó a preguntar.

–Sí. Seguimos en contacto.

–¿Y cómo lo sabía él?

–Lo desconozco. Pero, como ya te he dicho, no es ningún secreto.

Marnie se preguntó si Anderson podría ayudar a su padre. A fin de cuentas, los Holt tenían mucho dinero. Sin embargo, desestimó la idea porque no se trataba de un par de millones, sino de cien millones de libras esterlinas.

–Bueno, reconozco que mi padre está bastante estresado últimamente...

–No me extraña. La perspectiva de perder el legado de sus antepasados y el trabajo de toda una vida debe de pesar sobre su conciencia.

–No entiendo por qué no me ha dicho nada.

–¿Ah, no? –dijo con rencor, acordándose de la última conversación que Arthur y él habían mantenido–. Siempre te ha querido al margen de la realidad. Haría cualquier cosa por evitarte las complicaciones de vivir en el mundo real, como el resto de los mortales.

–¿El mundo real? ¿Esto es el mundo real para ti? –preguntó con sorna, señalando el lujoso despacho.

Él la miró con cara de pocos amigos, y ella se arrepintió de haberse burlado. Nikos no era como los miembros de su familia. Había nacido pobre, y había tenido que luchar mucho para salir adelante.

–Lo siento –se disculpó–. Tú no tienes la culpa de lo que ha pasado.

–No, no la tengo –dijo–. Pero tu padre lo va a perder todo, desde su reputación hasta sus propiedades, incluida Kenington Hall. Será el hazmerreír de todos, o se convertirá en una de esas historias que se cuentan en la bolsa de valores para advertir a los incautos.

Marnie tragó saliva, cada vez más angustiada.

—No sigas, por favor —le rogó.

—Mentiría si dijera que no siento la tentación de permitir que se hunda. Al fin y al cabo, es lo que él me deseó.

Ella sintió un escalofrío.

—¿Sigues enfadado por lo que pasó?

—Enfadado, no. Disgustado, sí —dijo, pasándose una mano por el pelo—. Pero eso carece de importancia en este momento. Tu padre se ha metido en un buen lío. Algunas de sus decisiones se podrían ver como negligencia criminal.

—Oh, Dios mío...

—Es la verdad, Marnie. ¿Preferirías no saberlo?

—Claro que no. Pero prefería que no te regodearas en su desgracia.

Él sonrió como un lobo.

—No me estoy regodeando.

—¿Qué quieres, Nikos? ¿Por qué me estás diciendo todo esto?

—Porque podría solventar sus problemas.

—¿Lo dices en serio?

—Por supuesto. Me resultaría fácil.

—¿Aunque estemos hablando de cien millones?

—Soy un hombre muy rico. ¿Es que no lees los periódicos?

—Oh, Nikos... —dijo ella, inmensamente aliviada—. No sabes cuánto te lo agradezco.

—Deja los agradecimientos para después. Aún no conoces las condiciones.

—¿Las condiciones? —preguntó, desconcertada.

—Tengo los medios necesarios para ayudar a tu padre, pero me falta el incentivo.

–¿Qué incentivo?

Marnie respiró hondo, en espera de la respuesta de Nikos. Su corazón latía tan fuerte que tuvo la sensación de que se le iba a salir del techo.

–Tú, Marnie. Y en calidad de esposa –contestó–. Solo ayudaré a tu padre si te casas conmigo.

Capítulo 2

—Tú, Marnie, fíjate calidad de esposa —contestó—. Sólo ayúdate a tu padre si te casas conmigo según...

MARNIE nunca habría imaginado que el silencio pudiera vibrar, pero vibraba. El ambiente se había cargado de tensión de tal manera que parecía estar vivo. Y durante unos momentos, mientras se repetía mentalmente las palabras que Nikos acaba de pronunciar, se quedó paralizada.

Por fin, el sonido de su respiración la sacó de su parálisis, aunque no le devolvió las fuerzas. De hecho, se apoyó en el cristal de la ventana por miedo a perder el equilibrio.

—No entiendo nada —acertó a decir.

Todas las fibras de su ser rechazaban la idea de casarse con Nikos; todas, menos las más cercanas a sus deseos, que reavivaron sus viejas fantasías románticas.

—Pues es bastante fácil —replicó él—. Si te casas conmigo, tu padre tendrá el dinero que necesita.

Marnie parpadeó. Nikos le dio el vaso de agua que le había servido, y ella echó un trago con ansiedad.

—Eso no tiene sentido —dijo ella.

—¿No?

—No, no lo tiene. Se supone que las personas se casan porque están enamoradas, y nosotros no lo estamos —declaró, atrapada entre el pánico y un súbito sentimiento de esperanza–. ¿Por qué me ofreces matrimonio? Es demasiado caballeroso.

Él dio un paso adelante y cerró la mano sobre el vaso de agua; pero, en lugar de quitárselo, mantuvo el contacto con sus dedos.

–Bueno, digamos que es una forma de equilibrar la balanza. O de pagar una deuda, si lo prefieres –respondió.

–¿Una deuda? ¿Qué deuda?

–Hace seis años, tu padre me pagó una suma importante de dinero a cambio de que me alejara de ti –dijo.

Marnie se quedó boquiabierta, aunque a Nikos no le sorprendió. Suponía que Arthur le habría evitado ese pequeño detalle, y estaba esperando el momento de decírselo. No se sentía orgulloso de ello, pero se sintió inmensamente satisfecho al ver su gesto de indignación, que desapareció con rapidez bajo su fachada de mujer perfecta.

–No lo sabía –le confesó ella.

Nikos le pasó un dedo por el labio inferior, recordando sus besos.

–No, claro que no. Aunque fue del todo innecesario, porque tú ya habías tomado la decisión de abandonarme.

A Marnie se le hizo un nudo en la garganta.

–No tuve elección.

–Por supuesto que la tenías –bramó, a punto de perder la calma–. Le podrías haber dicho que estabas enamorada de mí. Le podrías haber dicho que, por muy inadecuado que yo le pareciera, tus sentimientos no iban a cambiar. Le podrías haber dicho que se metiera su estupidez y su esnobismo donde le pareciera mejor. Podrías haber luchado por lo nuestro, como yo habría luchado por ti.

A ella se le encogió el corazón. El dolor de su ruptura estaba tan fresco como seis años antes.

–Sabes lo que pasó, lo que mi familia habría perdido –dijo–. No era capaz de hacer daño a mi padre. Tuve que elegir entre él y tú.

–Y lo elegiste a él –sentenció, mirándola con rencor–. Enterraste tus sentimientos con toda facilidad, como quien apaga el interruptor de la luz.

Ella tragó saliva. Contrariamente a lo que Nikos pensaba, no había sido nada fácil. No podía olvidarlo de repente y seguir con su vida. Había sido una tortura.

Habló con sus padres y les dijo que no le importaba que Nikos no tuviera dinero ni procediera de una de las familias importantes de la ciudad; pero la defensa del hombre del que se había enamorado acabó en una fuerte discusión y, cuando su madre rompió a llorar y su padre amenazó con retirarle la palabra, dio su brazo a torcer.

Sus padres solo querían que la perfecta y obediente Libby, que siempre había tomado las decisiones correctas, volviera a su lado. Y como Marnie no les podía devolver a su hermana, hizo lo que habría hecho ella.

–En cualquier caso, la compensación financiera de tu padre suavizó un poco el golpe –continuó él–. Al principio, juré que no la aceptaría; pero luego... estaba tan enfadado con vosotros que cambié de opinión y la acepté para daros una lección. Pensé que, si aceptaba ese dinero, lo invertía y ganaba el doble de lo que me había dado, Arthur se daría cuenta de que había cometido un error conmigo.

Marnie se ruborizó sin poder evitarlo.

–Hiciste algo más que doblar esa suma.

–Sí.

Ella se estremeció. Nunca habría imaginado que su padre le había dado dinero para que rompiera con ella. Indiscutiblemente, había ido demasiado lejos. Presionar a su hija era una cosa, pero aprovecharse de la pobreza de Nikos para expulsarlo de su vida era algo muy diferente.

–Lamento que te intentara comprar. No tenía ningún derecho.

–No, no lo tenía. Aunque, como ya he dicho, fue del todo innecesario. Tú ya habías tomado tu decisión. Tu padre te prohibió verme y, en lugar de desobedecerlo, corriste a sus pies como la niña mimada que eres.

–No me llames eso –protestó, dolida por el calificativo que le había dedicado.

No era la primera vez que la acusaban de ser una niña mimada. La prensa se lo llamaba continuamente, confundiendo su actitud reservada con una forma de esnobismo. Creían que se daba aires y que tenía pretensiones aristocráticas. Justo lo que sus padres le habían intentado inculcar. Lo que los había llevado a rechazar a Nikos.

–Ah, empiezo a entender lo que sucede –continuó–. Esto es una venganza, ¿verdad?

–Sí.

–Un plato que se disfruta más cuando se sirve frío –dijo ella, sacudiendo la cabeza con pesadumbre–. Has esperado seis años para vengarte.

–En efecto –admitió, cerrando las manos sobre su talle–. Pero no habrá nada frío en nuestro matrimonio.

–Porque no habrá ningún matrimonio –replicó Marnie con una firmeza fingida, consciente como era de haber perdido la batalla–. Y por supuesto, tampoco habrá lo que estás insinuando.

–¿Qué ocurre, *agapi mu*? ¿Temes que no disfrutemos tanto como entonces?

Nikos se apretó contra ella, quien gimió al sentir su contacto. Lo había extrañado mucho. Lo había extrañado de tal manera que llevó las manos a su pecho y lo acarició, sin ser consciente de lo que hacía.

–¿Recuerdas cuánto respetaba tu inocencia? –Nikos se inclinó y le dio un beso en los labios–. Quería casarme contigo, y me empeñé en esperar hasta que nos comprometiéramos. ¿Recuerdas cuántas veces me rogaste que hiciéramos el amor? Pero yo me negaba, porque me había enamorado de ti y me parecía importante.

Ella asintió, incapaz de hablar. Sentía deseo, vergüenza, tristeza, todo al mismo tiempo.

–Y tú te burlaste de mí y me dijiste que no te casarías nunca con un hombre como yo –prosiguió él–. ¿Lo recuerdas?

Marnie no dijo nada, aunque lo recordaba como si hubiera pronunciado esas palabras el día anterior. ¡Y cuánto se arrepentía de haberlas pronunciado! Las practicó una y otra vez, esperando el momento de decirlas. Estaba convencida de que era lo correcto. Era lo que sus padres querían.

–¿Te acuerdas? –insistió él, implacable.

–Sí –contestó ella, debilitada por el deseo.

–He conocido a muchas personas como tu padre y tú a lo largo de los años. Ricos que valoran el pedigrí social por encima de todo lo demás.

–Yo no soy así –se defendió Marnie.

–Por supuesto que lo eres. Rompiste conmigo porque te querías casar con alguien de tu clase. Alguien que tus padres aprobaran.

–Eso es lo que ellos querían. Yo solo te quería a ti.

–Pero no fue suficiente, ¿verdad?

Frustrada, Marnie intentó apelar a la persona que había conocido, al hombre que había llegado a conocerla mejor que nadie más.

–Por Dios, Nikos... ¿Es que has olvidado lo que pasó? Libby acababa de morir. Mi familia estaba de luto, y no fui capaz de aumentar su dolor en esas circunstancias. Sencillamente, no pude. Pero no pienses ni por un instante que no me casé contigo porque no te creía a la altura de mí.

–Hiciste lo que tus padres querían, Marnie –dijo con frialdad–. Pero están a punto de descubrir que las raíces aristocráticas no son tan importantes como otra cosa... Lo que nunca les ha faltado a ellos, lo que les falta ahora: El dinero.

Marnie guardó silencio una vez más. Se sentía como si tuviera una tonelada de piedras sobre el pecho.

–Te casarás conmigo, y te pasarás el resto de tu vida pensando que los Kenington os habéis salvado gracias al hombre al que rechazasteis, el hombre que tu padre no creía digno de pisar su casa.

–Lo siento, Nikos. Siento mucho lo que pasó. Mi padre no tenía derecho a tratarte así.

–¿Tu padre? Si me hubiera dedicado todos los insultos del mundo, me habría dado igual. No esperaba nada de Arthur. Pero lo esperaba de ti –dijo–. Y te vas a casar conmigo.

Ella sacudió la cabeza, aunque sabía tan bien como él que estaba perdida.

—La espera ha terminado, Marnie.

Nikos la besó. Y fue un beso posesivo, destinado a someterla y desarmarla; un beso que hundió sus últimas defensas, y que le recordó lo que su cuerpo había sabido siempre: que no se podía resistir a él.

—No es posible que me sigas deseando —acertó a decir contra su boca—. Sé que has estado con muchas mujeres desde que nos separamos... Pensé que ya no me encontrarías atractiva.

Nikos la besó en el cuello y susurró:

—Es un asunto pendiente, por así decirlo.

—No entiendo nada —replicó, tan excitada como confusa—. Han pasado seis años desde entonces.

—Sí. Y tú sigues siendo la única mujer de la que me he creído enamorado. La única con la que habría estado dispuesto a casarme por amor.

—¿Y por qué quieres casarte ahora?

—Por motivos menos nobles —respondió—. Quiero dar una lección a tu padre, pero también te la quiero dar a ti.

Ella entrecerró los ojos.

—¿Qué significa eso?

Él soltó una carcajada sin humor.

—Dijiste que nunca me habías deseado, que solo había sido una distracción pasajera para sobreponerte al dolor.

—No recuerdo haber dicho eso —mintió ella.

—Pues lo dijiste. Y te voy a demostrar que estabas muy equivocada.

Nikos la soltó entonces y se apartó.

—¿Y qué vas a hacer? ¿Torturarme durante seis

años para obtener tu venganza? No puedo creer que quieras gastar tanto tiempo y energías en una cosa así. Has llegado muy alto, Nikos. No encajas en el papel de examante dolido.

–Nunca fuimos amantes –le recordó.

Marnie se ruborizó.

–Esa no es la cuestión.

–No sé cuál será la cuestión para ti, pero tampoco me importa –declaró Nikos con una sonrisa cruel–. Siempre he sido un oportunista, y la situación de tu padre es una oportunidad a la que no me podía resistir.

–¿Ah, sí? –dijo ella, buscando mentalmente una salida.

–Sí. Y vas a tener mucho tiempo para pensar en el error que cometiste, porque nos vamos a casar –insistió.

Marnie se quedó sin habla, y él interpretó su silencio como un consentimiento tácito.

–Puedo conseguir una licencia matrimonial en quince días –continuó–. Ya he contratado a una especialista en bodas, para que se encargue de organizarla. Su tarjeta está en la mesa. Llévatela cuando te marches.

Ella sacudió la cabeza, intentando procesar lo sucedido.

–Espera un momento. Esto es demasiado repentino. Necesito tiempo para pensar.

Nikos arqueó una ceja.

–No tienes tiempo. Si lo retrasamos, no podré ayudar a tu padre.

–¿Insinúas que no lo ayudarás hasta que me case contigo?

Él volvió a sonreír.

–Exactamente. Sería absurdo que lo sacara del ato-
lladero antes de disfrutar de su hija.

Marnie frunció el ceño. No podía negar que lo deseaba, pero le pareció inadmisible que se refiriera a
ella en esos términos, como si fuera un simple objeto.

–¿Es que no te fías de mí? ¿Crees que rompería nuestro compromiso cuando cubrieras las pérdidas de mi
padre?

–Creo que harías lo que te conviniera más, como
siempre –replicó, entrecerrando los ojos–. ¿Cómo era
aquel refrán? Gato escaldado...

–Del agua huye –sentenció ella–. Pero, si aceptara
tu oferta, cumpliría mi parte del acuerdo.

Nikos se encogió de hombros.

–Yo no estoy tan seguro de eso –dijo–. Tu padre y
tú me convertisteis en un desconfiado. Si no hubiera
sido por vosotros, habría seguido creyendo en el valor
de la palabra dada. Ahora, no hago nada sin un contrato de por medio.

–Una decisión tan sabia como lógica en asuntos de
negocios –observó ella–. Pero el matrimonio es dis-
tinto.

–Quizá lo fuera si el nuestro fuera a ser un matrimonio de verdad.

–¿No quieres que lo sea?

Nikos rio.

–Oh, no te preocupes por eso. Lo será en lo importante.

–¿En lo importante? ¿A qué te refieres?

–A que no voy a desembolsar cien millones de libras esterlinas ni a condenarme al matrimonio por el
simple placer de la venganza –respondió–. Nuestro
matrimonio tendrá sus ventajas, y serán placenteras.

–Yo...

Marnie no fue capaz de terminar la frase. No habría podido. Estaba con el hombre del que se había enamorado apasionadamente, el hombre al que ella había abandonado, el hombre que había seguido en sus pensamientos durante seis largos años. Y, durante ese plazo, había descubierto que no podía sentir lo mismo por nadie, empezando por los hombres que sus padres aprobaban.

–No me voy a acostar contigo porque aparezcas de repente y...

–No, no te acostarás conmigo por eso –la interrumpió–, sino porque me deseas.

Ella lo odió con todas sus fuerzas, pero no pudo negarlo.

–En cualquier caso, mis términos no son negociables –prosiguió Nikos, que se volvió a encoger de hombros–. Lo tomas o lo dejas.

Marnie sacudió la cabeza, desesperada.

–No puedo tomar una decisión con tanta rapidez. Hay muchas cosas que hablar.

Él se cruzó de brazos.

–¿Como por ejemplo?

–Como...

–¿Sí?

–Como dónde vamos a vivir, si es que me presto a esa locura.

–Eso tampoco es negociable. Viviremos en Grecia.

–¿En Grecia? –preguntó, hundiéndose un poco más.

–Sí, en Atenas, en mi hogar.

–Pero siempre he vivido aquí. No me puedo mudar.

–Salvar la reputación de tu padre me va a costar una verdadera fortuna –le recordó–. Es justo que hagas alguna concesión a cambio.

–Casarme contigo no es una concesión, es mucho más que eso. Y podría decir lo mismo sobre marcharme a otro país.

–Definitivamente, eres una niña mimada –la acusó–. ¿Qué propones? ¿Que vivamos en Londres, a un paso de la casa de Arthur, a un paso de un hombre que desprecio? No, Marnie. De ninguna manera

–No puedo casarme contigo sabiendo que desprecias a mi padre.

–Encontrarás la forma de aguantarlo. Soy el único que puede impedir su caída en desgracia y, por supuesto, también la tu madre.

–¿Siempre va a ser así? ¿Tú darás órdenes y yo tendré que obedecer?

Él la miró en silencio durante un rato tan largo que Marnie pensó que no iba a contestar. Pero, al final, suspiró y dijo:

–Seré razonable contigo cuando tengas peticiones razonables. Sin embargo, esta no lo es. Vivo en Grecia, y dirijo mi negocio desde Atenas. Además, no puedo permitir que sigas junto a dos personas que me odian tanto como yo a ellos. Mudarse es la opción más lógica.

–¿Así como así?

–Esos son mis términos –repitió.

–Eres increíble, Nikos.

Marnie se giró otra vez el anillo, intentando encontrar una solución que no implicara casarse. Pero no la había. Él era el único que podía ayudar a su padre, y no lo ayudaría si no aceptaba su oferta.

—¿Y bien? ¿Qué decides? —la presionó.

—No quiero una boda por todo lo alto. Si por mí fuera, nos casaríamos de incógnito, sin fiestas ni invitados.

—¿Para que nadie lo sepa? No, Marnie. Quiero que todo el mundo se entere de que eres mi esposa. Tú, la mujer que dijo que no se casaría nunca con un hombre como yo. Y quiero que tu padre, un hombre que no me soporta, esté a nuestro lado. Quiero que se vea obligado a sonreír como si todos sus sueños se hubieran hecho realidad.

—Dije aquello porque estaba en una situación muy difícil —se defendió Marnie—. Tienes que entenderlo... No podía seguir contigo. Mis padres estaban fuera de sí desde el fallecimiento de mi hermana, y yo...

Marnie respiró hondo y siguió hablando.

—Nunca te lo conté, pero siempre viví a la sombra de Libby. Mi familia quería que fuera como ella, y me despreciaban porque no lo conseguía. Se empeñaron en que me casara con un hombre como Anderson, su prometido. Y yo necesitaba su aprobación de tal manera que habría hecho cualquier cosa con tal de agradarlos.

—Sí, ya me lo imaginé en su momento, pero eso no cambia las cosas. Te alejaste de mí y de lo que teníamos como si no te importara en absoluto. Puedes culpar a tus padres o a tu hermana, pero la decisión fue tuya.

—Intento explicarte que...

—Y yo te estoy diciendo que no quiero tus explicaciones. Te equivocaste.

Marnie no lo negó. Había abandonado al hombre del que se había enamorado. Y le había hecho tanto daño que no estaba dispuesto a perdonarla.

–Será una boda con muchos invitados y, por supuesto, con cobertura mediática.

–¡Nikos! –protestó–. No me hagas eso. Te lo ruego.

–¿Te casarás conmigo?

Ella asintió.

–Sí, pero no de esa forma. Sabes lo que pienso de los medios de comunicación, y lo que piensan ellos de mí. Me casaré contigo, pero con la condición de que no estén presentes –dijo–. Además, sé que tu opinión de los paparazzi no es mejor que la mía. Insistes en ello porque sabes que me disgusta profundamente. Pero tú no eres un hombre mezquino. No lo eres, ¿verdad?

–¿Te extorsiono para que nos casemos y crees que no soy mezquino?

–Lo creo porque lo sé –contestó–. Y, por otra parte, ¿qué importancia tiene? Vas a conseguir lo que quieres. Nos vamos a casar.

Marnie había acertado con su argumentación, y Nikos admiró su forma de razonar. A fin de cuentas, él tampoco estaba interesado en una boda grande, llena de periodistas.

–Muy bien. Mientras tu padre esté presente, lo demás no importa.

Marnie se inclinó sobre el acuerdo prematrimonial y pasó los dedos por encima. Estaban en un bar lleno de gente, tomándose un café.

–Tiene muchas páginas –dijo.

–Tiene que tenerlas –replicó él.

–¿Te importa que se lo lleve a mi abogado para que le eche un vistazo?

Nikos se encogió de hombros.

–Por supuesto que no. Aunque podría retrasar el proceso.

Ella entrecerró los ojos.

–¿Retrasarlo? ¿Insinúas que mi padre no recibiría tu ayuda a tiempo?

Nikos se echó hacia atrás en el sillón, con expresión inescrutable.

–No pediré la licencia matrimonial hasta que no hayas firmado el acuerdo.

–¿Por qué no?

Él soltó una carcajada tan rotunda que una de las clientas del bar se giró hacia su mesa y lo miró con interés.

–Vamos, Nikos –continuó Marnie, bajando la voz para que nadie los pudiera oír–. ¿Qué prisa tienes? Mientras tengas el acuerdo antes de la boda...

–No es tan sencillo. En cuanto pida el permiso para casarnos, la prensa se enterará y lo publicará –dijo–. Y si luego te niegas a firmar el acuerdo, la boda se suspenderá y se organizará un escándalo.

–No puedo creer que los paparazzi lleguen hasta el extremo de buscar tu nombre en el registro, por si te da por casarte.

–Eres más ingenua de lo que recordaba –comentó él–. Nuestra boda es una noticia de lo más jugosa. Somos personajes públicos, y despertará el interés del público.

Marnie no tuvo más remedio que asentir. Por mucho que le molestara, Nikos tenía razón.

–Sí, eso es verdad. Pero recuerda que quiero una boda pequeña.

–Y haré lo posible por cumplir tus deseos.

Ella volvió a asentir.

—Está bien. ¿Dónde tengo que firmar?

—En todas los apartados.

Marnie suspiró y sacó un bolígrafo, con el que dio unos golpecitos en la mesa. Siempre le había gustado el acto de escribir. Cuando tenía un problema difícil de resolver, sacaba un bolígrafo y lo mordisqueaba ligeramente, esperando a que la tinta le aclarara las ideas. Pero aquello no era un examen ni una lista de compras.

—Esto es una locura, Nikos.

Él no dijo nada.

—Ya no somos los que fuimos —continuó ella—. No nos conocemos.

—Te conozco tan bien como entonces, si no mejor.

Marnie sacudió la cabeza.

—Sinceramente, no sé a qué viene tanta prisa.

—A la situación financiera de Arthur.

—Pero podríamos...

—No, no podemos.

Nikos se inclinó sobre la mesa y la tomó de la mano. Marnie se estremeció, y se odió a sí misma por desearlo en esas circunstancias.

—Es la única forma de ayudar a tu padre. Y no está sujeta a negociación.

—Pues si quieres que firme estos documentos sin consultarlo antes con mi abogado, tendrás que explicarme lo que contienen.

—Si te empeñas... —dijo él, lanzando una mirada a su carísimo reloj.

—Siento robarte tu tiempo —declaró ella con sorna.

Nikos hizo caso omiso del comentario.

—La primera parte del acuerdo se refiere a tus propiedades. Te asegura que seguirán siendo tuyas después de nuestro matrimonio.

–¿No pasarán a ser de los dos?

–No, ni mucho menos. Tu dinero no me interesa.

Nikos lo dijo con tanto desprecio que Marnie se sintió ofendida.

–Me alegro, porque a mí tampoco me interesa el tuyo.

–¿Ah, no? –dijo él, arqueando una ceja–. ¿Y qué me dices de los cien millones que se va a llevar tu padre?

Ella guardó silencio, ruborizada.

–De todas formas, tendrás derecho a una suma determinada por cada año que estemos casados –prosiguió él.

–No la quiero.

–Pues renuncia a ella. No es algo que me importe –declaró–. Pero firma de una vez.

Marnie apretó los labios y firmó la primera página.

–¿Qué viene ahora? –preguntó después.

–El apartado de obligaciones éticas –contestó Nikos–. Cualquier infidelidad provocará la ruptura inmediata de nuestro matrimonio e invalidará el acuerdo financiero, obligando a tu padre a devolver la mitad del dinero que le haya dado hasta entonces.

Ella parpadeó, confundida.

–¿Crees que te voy a engañar con otro?

–Es una posibilidad –dijo él, sonriendo como un lobo–. Pero esa cláusula te quitará las ganas.

–¿Y si me engañas tú a mí?

Nikos rompió a reír. Y esta vez, de verdad.

–¿Yo? ¿Engañarte a ti?

–Sí, efectivamente. Tú eres el que cambia de aman-

tes como de camisa. ¿Qué pasará si te aburres y termi-
nas en la cama de otra mujer?

–No llegaremos a saberlo, porque nos asegurare-
mos de que no me aburra.

Marnie soltó un grito ahogado. Su pulso se había
vuelto a acelerar.

–¿Desde cuándo eres tan sórdido, Nikos?

–¿Desde cuándo crees tú? –replicó, entrecerrando
los ojos.

Ella tragó saliva, consciente de que la estaba acu-
sando de ser la causa de su cambio de personalidad.
Pero, ¿qué podía decir? Ya le había explicado que la
muerte de Libby la había forzado a doblegarse a sus
padres. Y no le importaba. No le parecía excusa suficiente.

–Será mejor que aceleremos las cosas. Tengo una
reunión dentro de poco.

–Muy bien –dijo ella.

–El tercer apartado se refiere a los niños.

–¿Los niños? –preguntó, atónita.

Nikos pasó varias páginas, pero Marnie se había
quedado tan desconcertada que no hizo ademán de
leerlas.

–Estipula que no tendremos hijos durante los cinco
primeros años.

–¿Es que quieres tener hijos?

Él se encogió de hombros.

–Puede que los quiera tener algún día. Aunque,
ahora mismo, me cuesta creer que los quiera tener
contigo.

–Oh, gracias por el halago –ironizó ella–. Yo tampoco ardo en deseos de ser tu reproductora.

–¿Mi reproductora? –dijo con una sonrisa.

–Esto es increíble... ¿Quieres que firme un acuerdo que incluye hijos hipotéticos?

–A mí me parece razonable.

–Pues no lo es –sentenció–. Un niño no es una subsección dentro de un apartado. Un niño es una persona. No tienes derecho a tomar decisiones arbitrarias sobre algo que debería ser mágico y maravilloso.

–El hecho de que tú y yo tuviéramos un hijo sería cualquier cosa menos mágico y maravilloso. Es lo último que deseamos –replicó él–. Y, en cuanto a las arbitrariedades, no eres la persona más adecuada para dar lecciones al respecto. Nuestro pasado lo demuestra.

–¡Pero no había un niño de por medio!

–Claro que no. Dijiste que no querías ser... mi reproductora, por usar tus propios términos –se burló–. ¿Es que has cambiado de idea?

Ella se mordió el labio y sacudió la cabeza, odiándose a sí misma por mentir. Nikos no lo sabía, pero había soñado muchas veces con tener hijos con él.

–No nos vamos a casar por amor, Marnie. Y no creo que un niño deba sufrir la condena de crecer en una familia sin amor.

–En eso estamos de acuerdo. Pero, ¿a qué viene lo de los cinco años?

Él se volvió a encoger de hombros.

–A que, en cinco años, habremos encontrado la forma de llevarnos bien o nos odiaremos tanto que ya nos habremos divorciado. Me pareció un plazo razonable para descubrirlo.

Ella asintió y firmó al final del apartado.

–¿Qué más hay que firmar?

–El acuerdo de confidencialidad, donde te comprometes a guardar silencio sobre nuestros asuntos privados. La prensa está fascinada contigo y, por mucho que tú afirmes lo contrario, tengo la sensación de que la cortejas.

–¿Me estás tomando el pelo? ¡Hago de todo con tal de quitármelos de encima!

–Lo cual contribuye a aumentar su interés.

–¿Me acusas de cortejar a la prensa porque la rehuyo? Eso es completamente absurdo –dijo, cruzando las piernas bajo la mesa.

–Discúlpame, pero no dicen que eres una niña mimada por casualidad. Lo dicen porque...

–Porque me niego a hablar con ellos –lo interrumpió–. Cuando Libby murió, estaban por todas partes. Yo tenía diecisiete años, y me seguían continuamente.

–Bueno, en Grecia no te prestarán tanta atención. Aquí eres famosa, pero allí solo serás mi mujer –dijo–. Lo cual me recuerda que lo nuestro no funcionará si tus padres no están convencidos de que nuestro matrimonio es de verdad.

–No te entiendo, Nikos. Tenía la impresión de que solo quieres casarte conmigo para hacer sufrir a mi padre con los términos del acuerdo.

–Y puede que se lo eche en cara –dijo él–. Pero, si decido hacerlo, será más adelante. Y la decisión será mía, no tuya.

Ella frunció el ceño.

–¿Insinúas que tú no estás sujeto a los términos del acuerdo?

–Sí, exactamente. Es un contrato para ti, para que entiendas lo que se espera de ti.

–Eso no es justo.

Nikos rio.

–Es posible, aunque aún estás a tiempo de marcharte. Si quieres olvidar el asunto...

Marnie sacudió la cabeza, intentando refrenar su angustia. Pero, cuando firmó la última página, derramó una lágrima solitaria sobre el papel.

La suerte estaba echada, así que apartó el acuerdo y sacó fuerzas de flaqueza. No tenía más remedio que casarse con Nikos Kyriazis. Y aún le quedaba un mal trago: dar la noticia a sus padres.

Capítulo 3

ESTÁS hablando en serio?

Arthur Kenington se había quedado atónito. Estaba rojo como un tomate, y parecía a punto de sufrir un infarto.

Marnie lo miró con una mezcla de distanciamiento y tristeza. Adoraba a sus padres; pero, al verlos allí, sentados en un luminoso y elegante salón de Kenington Hall, se sintió inmensamente frustrada.

En lugar de contestar, Marnie alzó una mano y les enseñó el enorme anillo de diamantes que Nikos le había regalado. Anne Kenington clavó la vista en él y abrió la boca, pero solo un poco. Era una mujer muy disciplinada, y no se dejaba dominar por las emociones.

–¿Desde cuándo? –preguntó Arthur.

Marnie decidió seguir el consejo de Nikos, quien le había recomendado que no les diera demasiados detalles. Quizá, porque sabía que iba a ser una situación difícil; o quizá, porque le preocupaba que se dejara llevar y dijera algo inconveniente.

–Nos volvimos a ver hace poco. Todo ha sido muy rápido.

–Y que lo digas –observó Anne, cuyos ojos le recordaban siempre a los de Libby–. ¿Es que estás...?

–¡Por supuesto que no! –protestó, adivinando sus

pensamientos–. No estoy embarazada. No me caso por eso.

Arthur suspiró, se levantó, caminó hasta el mueble donde estaba el jerez y se sirvió una copa con sus largos y delgados dedos.

–Entonces, ¿a qué viene tanta prisa? –preguntó su madre, sin entender nada.

Marnie se encogió de hombros.

–A que no queremos esperar –respondió–. No queremos una boda por todo lo alto.

–Las cosas no se hacen así, cariño –dijo Anne.

–Mira, comprendo que tú prefieras una boda con cientos de invitados, pero yo no siento el menor deseo de casarme con un vestido de diseño y un fotógrafo de la prensa del corazón pegado a mi espalda.

Su madre arqueó una de sus cejas perfectamente depiladas. En otros tiempos, la desaprobación de Anne habría bastado para que Marnie abandonara sus planes, fueran los que fueran; pero había demasiadas cosas en juego. Aquella boda era la única forma de impedir la ruina de su familia.

–Vale, no quieres que la prensa esté presente. Eso lo entiendo –replicó–. Pero, ¿qué me dices de nuestros amigos, de nuestra familia, de tu abuela?

–Olvídalo –dijo Marnie con firmeza–. Eso no va a pasar. Papá y tú seréis los únicos invitados.

–¿Y la familia de Nikos? ¿También va a estar ausente? –preguntó con sorna.

–Nikos no tiene más familia que yo.

Arthur, que ya se había bebido la copa de jerez, sacudió la cabeza y dijo:

–Esto no me gusta nada.

–¿Por qué no? –se interesó su hija.

–Porque no me parece un hombre adecuado para ti. No me lo parecía entonces y no me lo parece ahora.

–¿Por qué? –repitió ella.

–Porque no lo es.

–Eso no es una razón, papá –dijo con una sonrisa forzada.

–Ese hombre no es como nosotros. No es como tú. Es... diferente.

–¿Te disgusta porque es griego?

–No seas obtusa.

Anne se levantó y se acercó al balcón, desde el que se veía la verde y lisa pradera de los jardines del este, solo interrumpida por la verticalidad de un roble gigantesco.

–¿Tiene algún sentido esta discusión? –preguntó.

–¿Sentido? –dijo su hija.

–Sí, exactamente. ¿Por qué estamos discutiendo? Tu decisión es irrevocable, ¿no?

–Al cien por cien –contestó Marnie–. Espero que seáis capaces de olvidar el pasado y alegraros por mí.

–Bueno, eres una mujer adulta –dijo Anne–. Supongo que te puedes casar con quien quieras.

Marnie le dio las gracias y se fue, pensando que era una forma ridícula de terminar una conversación. Pero también pensó que era coherente con las circunstancias, porque su matrimonio no iba a ser menos ridículo.

Avanzó por los largos pasillos de la Kenington Hall y, tras salir por la puerta principal, respiró hondo y se dirigió a la rosaleda de los jardines, donde se quitó los zapatos y lanzó una mirada a la mansión.

Sus pasos eran cautos, casi inseguros. Caminaba así desde que Nikos había reaparecido en su vida, como si el suelo fuera de lava y le quemara la planta de los pies. Ya no estaba tranquila en ninguna parte. Había perdido su aplomo. Y al cabo de unos momentos, empezó a correr, perseguida por los fantasmas de su pasado.

Recordó lo que había dicho su padre seis años atrás, cuando ella le confesó que estaba enamorada de Nikos y él la amenazó con desheredarla y echarla de la familia. Recordó sus lágrimas de desesperación y las recriminaciones de Arthur, quien la acusó de querer abandonarlos justo después de haber perdido a Libby. Recordó toda la angustia de entonces, y corrió hasta quedarse sin aire.

Para entonces, ya estaba en las lindes de Kenington Hall, más allá de la laguna donde había aprendido a navegar y de los restos de la casa del árbol donde su hermana y ella jugaban cuando eran niñas. Ante ella, se alzaba el muro que los separaba del mundo exterior. Toda su vida había transcurrido en aquella propiedad. Toda una vida de princesa encerrada en un castillo.

¿Por qué no se había rebelado cuando le ordenaron que rompiera con Nikos? ¿Por qué no se había ido a Londres, como la mayoría de sus amigos?

La razón era evidente: Libby.

Sus padres habían perdido a Libby y, por muy clasistas e injustos que fueran, no los podía dejar en esas circunstancias.

Por eso se había quedado. Por eso había seguido en el hogar de su infancia, trabajando en su pequeño despacho y fingiendo no estar resentida con el padre y la madre que la habían forzado a renunciar al amor.

Pero, ¿qué iba a pasar ahora? ¿Sería aquel matrimonio una segunda oportunidad? ¿Se podrían volver a enamorar?

El corazón se le encogió en el pecho al recordar las exquisitas sensaciones de su relación pasada. Había querido a Nikos con locura, aunque los hechos demostraban que no lo había querido lo suficiente. En lugar de luchar por su amor, se había rendido. En lugar de marcharse con él, lo había abandonado. Y no podía cambiar el ayer.

–Es preciosa.

Marnie no pudo ser más sincera. La casa se encontraba en lo alto de una colina, en las afueras de Atenas, y sus paredes blancas brillaban contra un cielo perfectamente azul. Los geranios de los balcones estaban en flor, y los jardines olían a azahar, espliego y jazmín.

–Mañana daremos una vuelta por la propiedad y te presentaré a la plantilla.

–¿La plantilla? ¿Cuántos empleados hay?

Nikos le puso la mano en la parte baja de la espalda y la empujó suavemente hacia la entrada principal.

–El ama de llaves, que se llama Eleni. Su marido, Andreas. Dos jardineros que...

–No, no hace falta que sigas –dijo ella–. Me empiezo a hacer una idea.

Él soltó una carcajada.

–¿Creíste que viviríamos solos?

–Sí, claro.

–No te preocupes, *agapi mu*. Nos concederán toda la intimidad posible. A fin de cuentas, estamos de luna de miel.

Marnie sintió un cosquilleo en el estómago. Su pulso se aceleró, y el deseo se volvió tan intenso que casi no podía pensar. Era como si llevara toda la vida esperando el momento de acostarse con él.

Instantes después, Nikos abrió la puerta y la llevó por un ancho pasillo de baldosas hasta una pared de cristal desde la que se veía el Egeo.

−¿Tienes hambre? −le preguntó.

Marnie asintió. Se acababan de casar, pero estaba hambrienta porque solo había tomado un poco de tarta y una copa de champán.

−Me temo que sí −dijo, incómoda.

Nikos le dedicó la primera sonrisa cariñosa que le había dedicado desde su reencuentro.

−Acompáñame. Seguro que hay comida en el frigorífico.

Ella lo acompañó, fijándose en todos los detalles de su nuevo hogar. Era una casa extraordinariamente bonita, llena de obras de arte; pero la decoración pecaba de minimalista, y pensó que necesitaba un toque de calidez.

Al llegar a la cocina, Nikos abrió el enorme frigorífico y sacó un plato con salmón ahumado, otro de embutidos y un tercero que contenía aceitunas, queso, tomate y un surtido de *dolmades*, hojas de parra rellenas de arroz. Después, buscó el pan y preguntó con humor:

−¿La señora Kyriazis querrá vino?

−Mi apellido es Kenington −replicó ella.

Él abrió una botella de vino y sirvió dos copas.

−Lo sé, pero ahora eres mi esposa −dijo−. Y quiero que el mundo lo sepa.

Nikos lo dijo de una manera tan intensa que Marnie se sobresaltó. Quizá, porque no esperaba una declaración de ese tipo; o quizá, porque la pasión de sus palabras aumentó la excitación que ya sentía.

Nerviosa, alcanzó su copa de vino y echó un trago, esperando que la tranquilizara. Pero no surtió efecto.

–No voy a ocultar mi identidad, Nikos –acertó a decir.

Él alcanzó un trocito de queso y lo llevó a los labios de Marnie, que abrió la boca, sorprendida otra vez.

–Mi esposa llevará mi apellido –sentenció.

–¿Ah, sí? –dijo, asustada con su evidente deseo de subyugarla por completo.

–Bueno, aún estamos a tiempo de romper nuestro acuerdo –declaró él, encogiéndose de hombros–. No hemos consumado el matrimonio. De hecho, ni siquiera he tenido ocasión de hablar con tu padre sobre sus preocupaciones financieras.

A Marnie se le hizo un nudo en la garganta.

–¿Me vas a amenazar cada vez que me niegue a cumplir una de tus órdenes?

Nikos volvió a reír. Pero esta vez, sin humor alguno.

–No era una amenaza, sino un resumen de nuestra situación actual.

–¿Te divorciarías de mí si no llevo tu apellido?

–En estas circunstancias, no sería un divorcio. Sería una simple anulación.

–Si tanto te importa, deberías haberlo incluido en el maldito acuerdo prematrimonial –replicó, enfadada.

–Y lo habría incluido si hubiera sospechado que ibas a hacer un mundo de un asunto tan irrelevante.

–¡No es irrelevante! –protestó.

Marnie bebió un poco más, desesperada. ¿Qué podía hacer para que comprendiera que necesitaba mantener su identidad? ¿Qué podía decir para que comprendiera su pánico? Se había casado con un hombre que la despreciaba, con un hombre que la estaba usando como instrumento de su venganza y, por si eso fuera poco, con un hombre del que siempre había estado enamorada.

–Ahora eres mi esposa.

–¿Y renunciar a mi apellido es la única forma de serlo?

–No, no es la única.

Nikos le dedicó una sonrisa de depredador, y ella se estremeció sin poder evitarlo.

–Está bien, como quieras. No tengo ganas de discutir.

La declaración de Marnie le molestó mucho más que su negativa a cambiarse el apellido. Se había rendido a la primera de cambio, como de costumbre. Casi no había ofrecido resistencia cuando la extorsionó para que se casara con él, y suponía que tampoco la habría ofrecido cuando sus padres le ordenaron que lo abandonara.

–Las aceitunas están deliciosas –dijo ella, rompiendo el tenso silencio posterior.

Marnie alzó la cabeza y lo miró a los ojos, pero Nikos estaba sumido en sus pensamientos, mirando el paisaje a través de la ventana de la cocina.

¿Qué estaría pensando? ¿Qué era la emoción que se adivinaba tras sus tensos labios y su ceño fruncido? Al principio, pensó que sería cansancio; pero, al cabo de unos momentos, se dio cuenta de que era otra cosa, algo más profundo y sorprendente: tristeza.

—Bueno, te enseñaré la casa —dijo él.

Ella asintió y se dejó llevar por las elegantes y frías estancias.

—Parece una boutique —dijo Marnie cuando terminaron de ver la planta baja y subieron por la escalera.

—Esta será nuestra habitación.

Marnie cruzó el umbral y admiró la enorme cama y el balcón que daba a la bahía. El dormitorio, de muebles lujosos y modernos, tenía una ancha moqueta de color crema y una puerta que parecía dar a un cuarto de baño.

—Necesitaré un despacho —dijo.

—¿Un despacho? —preguntó él, soltando una carcajada.

—Sí, eso he dicho. ¿Qué tiene de gracioso?

—Que los despachos son para gente que trabaja.

—Para gente como tú, claro —dijo con sorna.

Él se cruzó de brazos.

—En efecto.

Marnie se empezó a enfadar, pero no lo demostró. Normalmente, sabía ocultar sus sentimientos.

—Pues necesito un despacho, porque yo también trabajo.

—¿Ah, sí? ¿En qué?

Nikos lo dijo con curiosidad. Siempre había dado por sentado que, durante sus años de separación, se habría limitado a ejercer de lady Kenington, hija de lord y lady Kenington; es decir, a disfrutar de sus propiedades, mantenerse bella y defender el buen nombre de la familia. No se le había ocurrido que pudiera trabajar. De hecho, le sorprendía que sus padres aprobaran un acto tan plebeyo como trabajar.

—¿Lo preguntas porque te interesa? ¿O porque te

extraña que sea capaz de hacer algo útil? –replicó ella con dureza.

Él la miró un momento y se encogió de hombros.

–Está bien. Si no me lo quieres decir, no me lo digas. Me encargaré de que tengas ese despacho. Solo tienes que hablar con mi secretario y pedirle lo que necesitas.

–¿Tu secretario? ¿Es que es un hombre?

–Sí, se llama Bart –contestó, algo sorprendido–. Lleva cinco años conmigo.

Ella rió con suavidad y sacudió la cabeza.

–Supongo que es lógico. Si contrataras a mujeres, te verías obligado a cambiar de secretaria constantemente, teniendo en cuenta que te acuestas con cualquiera que lleve falda.

–¿Es qué estás celosa, *agapi mu*?

Marnie no habría podido negar que lo estaba. Durante años, había seguido sus aventuras románticas en los periódicos. Lo había visto con una sucesión de mujeres a cual más atractiva, y los había imaginado haciendo el amor en el dormitorio, la cocina o el suelo mientras ella estaba sola en su cama, soñando con las manos de Nikos.

–Claro que sí –dijo con ironía, intentando disimular–. Te he echado tanto de menos que no podía vivir sin ti. Estaba deseando que volvieras y me chantajearas. Estaba deseando que me obligaras a casarme contigo... De hecho, es el momento más feliz de mi existencia.

–Y eso que no nos hemos acostado todavía –replicó él.

Marnie se quedó boquiabierta y roja como un tomate.

–¿Qué ocurre, cariño? ¿Un súbito ataque de timidez? –continuó Nikos–. Espero que no, porque es nuestra noche de bodas.

Ella se llevó una mano al cuello y se lo acarició inconscientemente.

–No, no, por supuesto que no –dijo con voz débil.

Nikos le puso las manos en los hombros.

–Relájate. Estás temblando como una hoja... ¿Es que tienes miedo de mí? –preguntó con dulzura.

Su tono fue tan cariñoso que Marnie se sintió en la necesidad de tranquilizarlo.

–No, ni mucho menos. Tengo miedo de mí y de lo que siento ahora –le confesó.

Él asintió, esperando a que continuara.

–Sé que odias a mi padre, y que es posible que también me odies a mí. Pero yo no te odio, ¿sabes? –dijo, mirándolo con deseo–. Yo no te odio.

Marnie alzó una mano y le acarició el labio inferior.

Sabía que la iba a besar. Todo su cuerpo lo estaba gritando. Y también sabía que solo tenía que dar un paso atrás para impedirlo.

Pero, en lugar de retirarse, se puso de puntillas y asaltó la boca de Nikos.

En aquel momento agridulce, su necesidad era más intensa que el recuerdo de los errores del pasado. Quería estar con él, y lo iba a estar sin pensar en las consecuencias. Ya se preocuparía después, cuando la alcanzaran.

Capítulo 4

MARNIE tuvo la sensación de que su cuerpo ardía cuando Nikos le devolvió el beso con toda la pasión de su deseo. Llevaban mucho tiempo esperando aquel instante, y ella fue incapaz de resistirse a sus instintos.

Excitada, le metió las manos por debajo de la camisa y acarició su ancho y duro pecho antes de detenerse sobre su acelerado corazón. En respuesta, él la tumbó en la moqueta y se tumbó parcialmente sobre ella, sin dejar de besarla.

Marnie llevó las manos a su espalda y alzó las caderas en un ruego silencioso, instándolo a ir más lejos. Ya no se podía refrenar. Necesitaba que la tomara, y lo necesitaba de tal manera que gritó su nombre.

–¡Nikos! ¡Por favor...!

Nikos sonrió de forma inmensamente sensual.

–¿Tanto me deseas? –preguntó, antes de besarla otra vez.

–¡Sí! –respondió ella, arqueándose con desesperación–. Por favor...

–No. Todavía no.

Nikos descendió un poco y le alzó el vestido por encima de la cintura. Lo único que separaba su boca del sexo de Marnie eran sus finas braguitas de encaje;

pero no los separó demasiado tiempo, porque él se las quitó y, tras pasarle las manos por los muslos, la empezó a lamer con delicadeza, como si tuviera miedo de que se asustara y se arrepintiera de haber tomado aquella decisión.

Durante los segundos siguientes, Nikos pronunció palabras que Marnie no pudo entender; palabras en griego, tan evocadoras y románticas que la envolvieron en un halo de magia y mitos hasta que él cruzó un umbral que no había cruzado nunca durante su relación anterior, ni siquiera en los momentos más apasionados: le metió un dedo y lo empezó a mover lenta y sinuosamente.

Ella gimió de placer y se rindió a sus atenciones. No había sentido nada parecido en toda su vida. Era lo más intenso que había experimentado, y estaba tan poco preparada que el orgasmo la sorprendió de repente, arrancándole un grito lujurioso.

Su frente se había cubierto de sudor, sus mejillas habían adquirido un tono rosa y su respiración bordeaba el jadeo. Pero, antes de que pudiera bajar de las nubes a las que Nikos la había encaramado, él la miró a los ojos y dijo:

–Me va a costar una fortuna, pero por fin vas a ser mía.

Marnie estaba tan excitada que hizo caso omiso de su cruel declaración. Además, tampoco tuvo tiempo de pensar, porque Nikos se quitó los vaqueros, la camisa y los calzoncillos hasta quedarse gloriosa y maravillosamente desnudo.

Al ver el impresionante cuerpo de su esposo, soltó un suspiro y se llevó una mano al pubis de forma inconsciente. Él clavó la vista en sus ojos y, durante unos segundos, se sintieron como si el pasado los tuviera rodeados y amenazara con engullirlos.

–Tomas la píldora, ¿verdad?

Ella asintió. La había empezado a tomar inmediatamente después de firmar el acuerdo prematrimonial. Se había estado preparando para ese momento.

–Sí –dijo.

–Me alegro –replicó él–, porque quiero sentirte. Quiero sentirte de verdad.

Nikos le subió el vestido un poco más, decidido a llegar a sus pechos. Pero la prenda se lo impedía, así que Marnie se incorporó lo justo para poder quitárselo. Y una vez libre del vestido, se liberó del sostén.

Al saberse desnuda, perdió parte de su confianza. Nikos estaba a punto de descubrir que era virgen. Carecía de experiencia sexual, y se sintió en la necesidad de confesárselo.

Ya había abierto la boca para decírselo cuando él le acarició los pezones y, a continuación, se los empezó a lamer y a succionar, dejando su mente en blanco. Sus dudas desaparecieron al instante. Su inseguridad se esfumó como por arte de magia, y solo quedó la potencia de las sensaciones físicas.

–Oh, Nikos –dijo en voz baja–. Quiero hacer el amor contigo. Necesito hacer el amor contigo... Por favor.

Él rio con suavidad.

–¿No prefieres que lo hagamos en la cama?

A Marnie no le importaba dónde lo hicieran. Llevaba mucho tiempo esperando ese día, y no quería esperar más. Pero, a pesar de su excitación, se volvió a sentir culpable por no haberle dicho que era virgen.

–Nikos, tengo que decirte algo.
–No, basta de palabras. Basta de explicaciones.
–Pero...
–No es momento de conversaciones.

Marnie estuvo a punto de discutírselo; pero, antes de que pudiera, él le separó las piernas y la penetró con una acometida dura, sin contemplaciones. Al fin y al cabo, no sabía nada de su virginidad. Estaba tan excitado como ella, y no sospechó ni por un segundo que le pudiera hacer daño.

Ella cerró los ojos con fuerza e intentó sobreponerse al intenso dolor, que desapareció con la rapidez de una ola en reflujo, dejando un rastro de placer.

Al darse cuenta de lo que pasaba, él soltó una maldición en griego y se empezó a mover lentamente, con sumo cuidado. Clavó la vista en sus ojos, por si descubría algún signo de incomodidad; pero no vio ninguno y, cuando ella se relajó y empezó a gemir de nuevo, se dejó llevar.

Sus movimientos y sus besos eran tan deliciosos que la llevaron al orgasmo en muy poco tiempo. Marnie soltó un grito de satisfacción y arqueó la espalda como si fuera un paso obligado en la antigua danza de la sensualidad. Pero Nikos no le concedió descanso; cerró las manos sobre sus caderas y se empezó a mover una vez más, aumentando el ritmo.

Marnie llegó a un segundo clímax, más fuerte y abrumador que el primero. Y esta vez no se quedó sola en su grito, que se fundió con el de él.

Fue un momento perfecto.

Solo un momento, porque él se levantó segundos después y se metió en el cuarto de baño sin decir una sola palabra.

Marnie se quedó perpleja al oír el grifo. ¿Se iba a duchar inmediatamente? Nunca había estado con un hombre, así que no sabía si su actitud era normal. Pero, tanto si lo era como si no, le ofendió mucho.

Indignada, siguió a su amante y abrió la puerta corrediza de la ducha. Sin embargo, Nikos no estaba dentro; estaba en el lavabo, tan gloriosamente desnudo como antes, con la cabeza inclinada.

Marnie notó su tensión incluso antes de verle la cara, y su enfado se disolvió como un azucarillo. ¿Habría hecho algo mal?

Insegura, carraspeó. ¿Qué estaba pasando? Necesitaba que dijera algo, lo que fuera. Necesitaba un gesto cariñoso, una palabra de afecto, cualquier cosa menos ese silencio incomprensible.

Y entonces, él se giró hacia ella y la observó con detenimiento.

—¿Te he hecho daño?

Marnie no esperaba esa pregunta, y se sintió aliviada.

—No —mintió.

Él se acercó y la tomó de la mano.

—No sabía que eras virgen...

Marnie guardó silencio. Nikos le acarició cariñosamente la espalda y la metió con él en la ducha, donde la empezó a enjabonar.

—Lo siento, Nikos —dijo entonces—. No es que haya hecho nada malo, pero supongo que debería habértelo advertido.

—¿Advertido? —preguntó él, sonriendo—. ¿Crees que necesitaba que me lo advirtieras?

Ella bajó la cabeza.

—No lo sé.

–No, no necesitaba ninguna advertencia, pero quizá necesite una explicación. ¿Cómo es posible que siguieras siendo virgen? No lo entiendo.

–Bueno, no es tan difícil de entender –dijo, ruborizada–. Era virgen porque no había hecho el amor con nadie.

Nikos soltó una carcajada y pasó la esponja por uno de sus excitados senos.

–¿Fue una decisión consciente? Lo de seguir virgen, quiero decir.

Marnie no podía ser sincera con él. No le podía decir que no se había acostado con nadie porque no había conocido a nadie que estuviera a su altura. Habría sido exponerse demasiado, así que rehuyó la pregunta por el procedimiento de ironizar:

–Sí, fue absolutamente consciente. Una especie de acuerdo prematrimonial conmigo misma.

–Pues sigo sin entenderlo –replicó–. Si no recuerdo mal, querías que te hiciera el amor cuando estábamos saliendo.

Ella se encogió de hombros.

–¿Podríamos hablar de otra cosa?

–Solo te lo he preguntado porque me sorprende. ¿Es que no has tenido novios?

–Por supuesto que sí.

–Entonces, ¿cómo puede ser que...?

–No quiero hablar de ese tema –insistió.

–Lo sé, pero es tan poco habitual... Tienes veintitrés años y, según dices, has salido con más hombres. Seguro que te has sentido tentada en más de una ocasión. Por lo que recuerdo, nunca has tenido un problema de apetito sexual.

Ella se quedó boquiabierta.

–Suponía que te habrías acostado con mucha gente –continuó él.

–Sí, ya me lo imagino, pero no soy tan libertina como tú –mintió.

–Claro que lo eres.

Nikos se inclinó, le dio un beso en el cuello y, acto seguido, le mordisqueó el lóbulo de la oreja, haciendo que se retorciera de placer.

–Si no tuviera miedo de hacerte daño, te tomaría otra vez.

–No me harás daño –afirmó ella con vehemencia–. Quiero hacer el amor. Y quiero hacerlo ya.

Él arqueó una ceja llevó la boca a uno de sus pezones. El agua se había llevado el jabón, y estaba caliente y suave.

–Oh, *Nik*...

Al oír el diminutivo, Nikos se enfureció. No lo había llamado así desde los viejos tiempos, cuando raramente usaba su nombre. Y ese *Nik* procedente del pasado, ese recuerdo de lo que había sucedido, lo envenenó con una ira cercana al odio.

Había estado tan enamorado de ella que, cada vez que lo pronunciaba, su corazón se llenaba de felicidad. Pero todo era mentira. Marnie no sentía nada por él. Solo se estaba divirtiendo un poco.

Nikos se prometió a sí mismo que no lo engañaría otra vez. Se había casado con ella, pero solo porque era la forma más directa de llegar a su padre. Aquello era un negocio y, como en todos los negocios, tenía que mantener la concentración y estar atento. La virginidad de su esposa era un detalle interesante, pero no cambiaba nada.

Decidido, la levantó y cerró las piernas de Marnie

alrededor de su cintura, penetrándola en el mismo
movimiento. Luego, se empezó a mover con energía,
como si su vida dependiera de ello. Solo era sexo, lo
único que Marnie le podía dar. Y, por muy placentero
que fuera, no debía olvidar con quién estaba.

Era una mujer increíblemente calculadora. Una mujer
fría, menos en la cama.

Capítulo 5

MARNIE entrecerró los ojos al bajar por la escalera. La luz del sol mediterráneo la cegaba, y hacía bastante calor, aunque la brisa que soplaba por el ancho pasillo le alzó el vestido.

Todo estaba en silencio, sin más excepción que un silbido procedente de la cocina. Al oírlo, sintió curiosidad y se acercó, encantada con la perspectiva de ver a Nikos y hacer el amor otra vez.

Se había levantado muy tarde.

Pero también se había acostado tarde.

Sus mejillas se tiñeron de rubor al recordar su encuentro en la ducha y el que habían tenido poco después, cuando se estaba quedando dormida y él la volvió a atormentar deliciosamente. Había sido maravilloso. Había sido tan bonito que casi parecía un sueño.

El corazón se le encogió de deseo al ver a su esposo. Llevaba una camisa remangada hasta los codos y, como no se la había abrochado, pudo ver su duro y moreno estómago.

–Buenos días –dijo Marnie.

Nikos, que estaba leyendo un periódico, alzó la cabeza un momento y preguntó:

–¿Te apetece un café?

–Sí, claro.

Nikos siguió con lo que estaba leyendo, dejándola

perpleja; pero, al cabo de unos momentos, se levantó de la silla, alcanzó la cafetera italiana y le sirvió una taza que Marnie no tuvo más remedio que rechazar. Había olvidado que su flamante esposo lo tomaba muy fuerte, y ella solo tomaba café americano.

—Creo que prefiero un té.

Él se encogió de hombros.

—Me extrañaría que hubiera. Yo no tomo eso —dijo—. Habla con Eleni y dile que compre lo que necesites. Está a tu disposición.

—¿Eleni?

—Sí, el ama de llaves.

—Ah.

Como no podía tomar otra cosa, Marnie alcanzó la taza y bebió un poco. Estaba tan fuerte como había imaginado.

—Puedo ir de compras yo misma —dijo, incómoda con la idea de tener un ama de llaves—. De hecho, tendríamos que hablar sobre esas cosas.

Nikos no le hizo caso. O su lectura era muy interesante o la estaba ninguneando a propósito, pero no pudo creer que la ninguneara después de la noche anterior.

—¿Nik?

Él se puso tenso al oír el diminutivo. Lo tenía asociado a una época tan dolorosa que lo odiaba con toda su alma.

—Preferiría que me llamaras por mi nombre.

Ella frunció el ceño, dolida.

—¿Solo por tu nombre? ¿No prefieres que me dirija a ti con tu apellido, como si fuera una empleada? —se burló.

Nikos suspiró y la miró a los ojos.

–¿De qué quieres que hablemos?

–Del ama de llaves. No me gusta que me lo hagan todo.

Él arqueó una ceja, animándola a continuar.

–Cuando estaba en mi casa, mis compras las hacía yo. Y también solía cocinar y cuidar los jardines.

–¿Los jardines? Si no sabes distinguir las flores...

–No sabía –puntualizó ella–, pero he aprendido. Ahora me encantan. Sobre todo, las rosas.

–Mira, Eleni es mi ama de llaves desde hace mucho tiempo. No quiero ofenderla con algo así. La conozco, y sé que no querrá compartir sus responsabilidades.

Marnie lo miró con incredulidad.

–¿Ni siquiera con tu esposa?

–Mi esposa tiene otras obligaciones.

Desesperada, Marnie alcanzó la cafetera y se sirvió otra taza. Fuerte o no, necesitaba toda la energía que pudiera encontrar.

–¿Se puede saber qué te pasa? Me estás tratando como si...

Él esperó a que terminara la frase y, cuando vio que no tenía intención, preguntó:

–¿Como qué?

–Como si me odiaras.

–Si tú lo dices... –Nikos se levantó de la silla–. En fin, estaré en casa a la hora de cenar.

–¿Es que te vas? ¿Adónde?

–A trabajar, por supuesto. Puede que lo hayas olvidado, pero nuestro matrimonio es un negocio –contestó–. Hasta ahora, has cumplido tu parte a la perfección, incluso ofreciéndome tu virginidad. Ahora me toca a mí.

Marnie se quedó atónita.

–Si tienes que ponerte en contacto conmigo, llama a mi secretario. Su teléfono está en la puerta del frigorífico.

Nikos se fue sin darle un simple beso de despedida, y la dejó atrapada entre la perplejidad y la rabia. ¿Cómo se atrevía a ser tan desagradable? Se habían casado. Habían hecho el amor toda la noche. Ya no era la mujer que había sido el día anterior ni la semana anterior. Ya no era la mujer que había firmado el acuerdo prematrimonial. Pero, por lo visto, Nikos estaba convencido de que no había cambiado nada.

Apretó los dientes y alcanzó el periódico sin verdadero interés, solo por hacer algo. Estaba abierto por las páginas de economía, en un artículo asombrosamente aburrido sobre la política crediticia de un banco italiano.

Tras fracasar en el intento de leerlo, buscó la sección de noticias internacionales; pero estaba tan frustrada que no podía concentrarse en la lectura, así que lo dejó a un lado y abrió el frigorífico en busca de algo más apetecible que el café de Nikos.

Las sobras de la cena estaban en uno de los estantes, y se animó un poco al verlas. La comida griega le recordaba su niñez, porque su familia viajaba frecuentemente por el Mediterráneo. Libby adoraba los calamares a la romana, y a ella le encantaban los tomates, las aceitunas, el queso y las hojas de parra rellenas de arroz, que devoraba en grandes cantidades porque podía comer lo que quisiera sin engordar nada.

Esa era la única ventaja genética que había tenido sobre su difunta hermana. Todo lo demás eran ventajas para ella: sus grandes ojos azules, los bellos labios que iluminaban su cara cuando sonreía, su larga melena de cabello rubio y, especialmente, un carácter que le permitía estar contenta casi todo el tiempo.

Momentos después, cerró el frigorífico y se acercó a la puerta de cristal que daba al exterior, atraída por las vistas del mar. El Egeo brillaba en la distancia, y se animó un poco más al ver la enorme y solitaria piscina de la casa.

Abrió la puerta, cruzó el patio de baldosas y se detuvo al borde de su objetivo, donde respiró hondo. El agua tenía un tono turquesa, y resultaba tan tentadora que metió un pie, aprovechando que estaba descalza.

Su temperatura era perfecta.

Consciente de estar completamente sola y de que, por una vez en su vida, no había fotógrafos por ninguna parte, se quitó el vestido por encima de la cabeza, lo dejó en el suelo y, tras liberarse del sostén y las braguitas, se zambulló.

Al salir a la superficie, admiró el mar y el azul del cielo durante unos instantes. Luego, buceó un poco y se puso a hacer largos. Estaba acostumbrada a nadar desde pequeña, así que no se cansaba con facilidad. De hecho, hizo tantos que perdió la cuenta y, cuando por fin volvió al borde de la piscina, descubrió que no estaba sola.

—Eres muy rápida.

Marnie se sobresaltó un poco al oír la voz de la alta mujer que estaba fuera, con una fregona en la mano y una sonrisa en los labios. Tenía una melena de color gris, parcialmente recogida en un moño, y llevaba un vestido de color azul marino.

Solo podía ser una persona: el ama de llaves. Y

Marnie se arrepintió de no haber prestado atención a su marido, porque no recordaba su nombre.

–Nadas como un delfín.

–Gracias –replicó, fijándose en que a la mujer le faltaba un diente–. Soy Marnie.

–Lo sé, lo sé. Eres la esposa de Nikos.

El ama de llaves terminó de fregar las baldosas y, a continuación, abrió un canasto de mimbre que estaba cerca.

–Siempre dejo las toallas en este canasto –le explicó–. A Nikos le gusta nadar cuando vuelve del trabajo.

–¿Ah, sí? –preguntó, imaginando su musculoso cuerpo–. Qué interesante.

–¿Quieres una?

–Sí, por favor... Pero, ¿cómo te llamas? Nikos se ha olvidado de decírmelo –mintió.

–Soy la señora Adona, aunque prefiero que me llamen por mi nombre, Eleni.

–Encantada de conocerte.

Eleni soltó una risita que la dejó desconcertada.

–¿He dicho algo gracioso?

–No, en absoluto. Yo también estoy encantada de conocerte –declaró–. Es que me alegra que Nikos haya sentado la cabeza. Cuando yo era joven, los hombres no trabajaban tanto. Tenían una mujer y un empleo normal. Serás buena para él.

–Eso espero.

Seducida por la amabilidad y el buen humor del ama de llaves, Marnie se dejó llevar por un impulso y le hizo un gesto para que se acercara al agua.

–Hay algo que te quería comentar, Eleni.

–Te escucho.

–A Nikos le preocupa que te disgustes si hago parte de la compra o cocino de vez en cuando.

Marnie se detuvo y miró a Eleni en busca de alguna señal de incomodidad, pero no encontró ninguna y siguió hablando.

–Siempre me ha gustado cocinar y, como aquí no tengo mucho que hacer, necesito algún pasatiempo. Pero no quiero que te enfades conmigo.

–¿Enfadarme? ¿Yo?

El ama de llaves rompió a reír, y su risa era tan contagiosa que Marnie se le sumó sin poder evitarlo. Luego, Eleni dijo algo en griego, sacudió la cabeza y añadió:

–¿Quién iba a imaginar que Nikos se casaría con una mujer como tú? ¡Una mujer a quien le gusta cocinar!

Marnie supo que su comentario pretendía ser halagador, pero las implicaciones eran tan obvias que no las pudo pasar por alto.

Nikos no se relacionaba con mujeres que sabían cocinar.

Buscaba mujeres con otro tipo de virtudes.

Sin embargo, Marnie no permitió que las relaciones pasadas de su esposo le amargaran la mañana. Ella también tenía esas virtudes. Y se lo iba a demostrar.

Cuando Nikos volvió aquella noche, las dos mujeres habían llevado una mesa al patio, le habían puesto un mantel blanco y la habían decorado con unas velas y un centro de flores de azahar, equilibrado con claveles para darle un toque rojo.

Marnie estaba sacando las vieiras del horno, y los dos se quedaron sorprendidos: ella, porque su esposo le pareció más atractivo que nunca y él, porque la encontró extraña e intensamente sensual con su mandil blanco y negro y sus pies descalzos.

Tras dejar una cartera de cuero en el suelo, Nikos se cruzó de brazos y dijo:

—Pensé que había quedado claro.

—No acordamos nada —dijo ella—. Me limité a escucharte mientras me decías que no me puedo poner cómoda en tu casa.

—No se trata de eso. Es que no quiero que Eleni se lleve un disgusto.

Marnie se acercó al frigorífico, sacó una botella de champán y se la plantó en la mano.

—Ya, ya. Y también me dijiste que debo concentrarme en mis obligaciones conyugales, por así decirlo —le recordó—. Pero no te preocupes por Eleni. Está encantada de que te hayas casado con una mujer que sabe cocinar. Ha insinuado que le parezco agradablemente útil en comparación con tus amantes habituales.

—¿Has hablado con ella?

—Claro que sí. Y te aseguro que no se ha ido llorando a la cama.

Nikos descorchó la botella de champán sin apartar la vista de su mujer. Se había recogido el pelo en una coleta, pero dejándose unos mechones sueltos. Estaba impecablemente maquillada, y su delantal ocultaba un vestido de verano que él deseó quitarle. De hecho, la deseaba tanto que se metió un dedo en la boca y se lo pasó por la mejilla con la excusa falsa de que tenía una manchita.

–Ah, gracias por quitármela –dijo ella, recompensándolo con un suspiro de placer–. Es que he estado muy ocupada.

–Sí, ya lo veo.

Nikos dejó la botella sobre la mesa y se giró para alcanzar las copas. Pero Marnie había pensado lo mismo, así que chocó con él.

–Sirve tú el champán –dijo, nerviosa–. Yo serviré el primer plato.

–¿El primer plato?

–Sí. Te dije que me gusta cocinar.

–¿Desde cuándo?

–Desde poco después de que nos separáramos –contesto, sirviendo las vieiras–. Empecé a cocinar para matar el tiempo, pero descubrí que me encantaba.

Nikos alcanzó una vieira y, tras saborearla, declaró:

–Eres una cocinera excelente.

–Gracias –dijo ella, agradecida–. ¿Nos sentamos?

Los dos tomaron asiento, y Nikos se fijó por primera vez en la mesa, a la que no había prestado demasiada atención. Marnie le gustaba tanto que lo demás le parecía irrelevante; pero, al contemplar el centro de flores y las velas encendidas, que titilaban en la brisa nocturna, se emocionó un poco.

–¿Tú has hecho esto?

–Con ayuda de Eleni.

Si las circunstancias hubieran sido otras o ellos hubieran sido otra pareja, habría sido un momento de lo más romántico. El sol se acababa de ocultar, y el cielo se empezaba a cuajar de estrellas. Pero Marnie era muy consciente de la situación, aunque eso no impidió que olvidara temporalmente sus errores, rencores y conflictos.

—¿Te acuerdas del día en que fuimos de picnic a Brighton?

Nikos la miró a los ojos. Se acordaba muy bien. Había sido unas semanas antes de que Marnie le dijera que no quería saber nada de él.

—Sí —respondió—. Claro que me acuerdo.

—La puesta de sol fue preciosa. Muy parecida a la de hoy —dijo ella—. Es una de las cosas que más me gustan.

—¿Por qué?

Ella se encogió de hombros.

—Quizá, porque me tranquiliza saber que, pase lo que pase, siempre habrá una puesta de sol y una noche.

Nikos arqueó una ceja, porque el comentario de su esposa le había parecido tan bello como extrañamente triste.

—A mí me gustan más las mañanas.

Ella sonrió.

—Lo sé. Siempre te levantas antes de que amanezca.

—No necesito dormir mucho.

—No hace falta que lo digas.

Marnie se ruborizó al recordar la noche anterior. La seducía en cualquier momento, incluso cuando estaba agotada. Y ella respondía a sus atenciones con la misma pasión.

Nikos alcanzó otra vieira y se la comió. Estaban tan buenas que no se podía resistir, aunque no tenía hambre. Sin embargo, no dijo nada al respecto, y Marnie se preguntó si le gustaban o si solo se las comía por no ser maleducado.

–¿Qué tal tu día? –se interesó ella al cabo de un rato.

Él la observó detenidamente antes de contestar.

–He hablado con tu padre –dijo–. Supongo que lo has preguntado por eso, ¿verdad?

Marnie se encogió de hombros, como si no hubiera notado el trasfondo recriminatorio de su comentario.

–No, en absoluto. Solo quería entablar una conversación.

Nikos le lanzó una mirada tan dura que ella se echó hacia atrás. Había perdido el apetito de repente. No podían ni disfrutar de una cena sin terminar discutiendo.

–No hace falta que finjas interés, Marnie. Estamos solos, y no tenemos público.

Capítulo 6

MARNIE dejó la servilleta junto al plato, sin más intención que ganar un poco de tiempo para retomar el control de sus emociones. La actitud de Nikos era tan desagradable que sintió el deseo de protestar. Pero, en lugar de quejarse, sacó fuerzas de flaqueza y dijo, mirándolo directamente a los ojos:

—No estaba fingiendo.

—Por supuesto que sí.

—¿Por qué dices eso? ¿Porque he preguntado por tu día?

Él entrecerró los ojos.

—Porque te comportas como si no te hubieras casado conmigo por tu padre.

Marnie no se atrevió a negarlo. Si le confesaba que se había casado con él por algo más que dinero, había grandes posibilidades de que saliera corriendo o, peor aún, de que aprovechara sus sentimientos para manipularla un poco más.

—Teniendo en cuenta que me extorsionaste para que me casara contigo, no veo por qué te sorprende.

—No me sorprende. Solo digo que tu farsa está de más.

—Oh, vaya... —Marnie alzó su copa y bebió un buen trago—. Eso ha sido espectacularmente desconsiderado.

Él se encogió de hombros.

–Puede que sí. Pero, volviendo a lo que te estaba contando, tu padre se ha quedado tan agradecido como resentido con mi oferta de ayuda.

Marnie se sobresaltó.

–¿Me estás diciendo que la ha rechazado?

–Ha aceptado una suma menor para poder pagar el próximo vencimiento. Sin embargo, eso solo le dará para un mes –dijo–. Es un hombre obstinado.

–Como tú, ¿quizá?

–Si yo fuera él, no cometería la estupidez de rechazar mi oferta.

–Bueno, siempre ha sido muy orgulloso.

–Excesivamente orgulloso.

Marnie respiró hondo.

–Gracias por ayudarlo, Nikos.

–No tienes que darme las gracias. Me he limitado a cumplir mi parte del acuerdo.

–Lo sé, pero nadie te obligaba a hacer lo que has hecho –dijo ella, sinceramente agradecida–. Te podrías haber quedado al margen. Podrías haber dejado que sufriera y haber visto su caída entre bastidores.

Nikos apoyó los codos en la mesa, sin dejar de mirarla.

–Eso no habría sido divertido.

–¿Te parece que esto es divertido?

Él le dedicó una sonrisa terriblemente seductora.

–Claro que lo es. Lo de anoche fue muy placentero.

Marnie se estremeció en su silla y dijo:

–Me alegra que disfrutaras.

–¿Es que no estás de acuerdo conmigo? Me extraña, porque tuve la impresión de que te había gustado.

Nikos se echó hacia delante y le acarició una mano con suavidad.

—¿Quién está fingiendo ahora? —preguntó ella, intentando refrenar su excitación.

—Nunca he fingido contigo. Sabes tan bien como yo que te deseo.

Marnie apartó la mano y cambió de conversación.

—¿Cuánto dinero le has dado?

—¿Por qué lo preguntas? ¿Quieres asegurarte de no haberte excedido en tus servicios? A fin de cuentas, me has ofrecido tu virginidad... Y desde tu punto de vista, puede que no valga menos de cien millones de libras.

—¿Cómo te atreves a decir eso? —bramó, ofendida—. ¡Lo que pasó entre nosotros no tiene precio!

Nikos supo que había ido demasiado lejos; pero no estaba acostumbrado a pedir disculpas, así que volvió al asunto de su padre como si no acabara de insinuar que su esposa era una prostituta.

—Le he dado lo suficiente para sobrevivir hasta el mes que viene. Pero no te preocupes por él, Marnie. No permitiré que se hunda.

Ella se mordió el labio inferior, aún dolida por su comentario. Sin embargo, también se sintió aliviada y agradecida, porque confiaba en él. A pesar de todo lo que había hecho y de todo lo que había dicho, estaba segura de que salvaría a su padre.

Nikos siguió comiendo más vieiras y, cuando alcanzó la penúltima, preguntó:

—¿No quieres más?

Ella sacudió la cabeza.

—No, gracias.

–Tu padre quiere que volvamos a Inglaterra por su cumpleaños.

Marnie asintió, pensativa.

–Nunca le han gustado las fiestas, pero mi madre siempre le organiza una.

–¿Quieres volver a casa tan pronto?

A casa.

Marnie se preguntó qué significaba esa expresión y, mientras se lo preguntaba, se comió la vieira que acababa de rechazar. No es que le apeteciera mucho, pero necesitaba distraerse con algo para ocultar su confusión.

A casa.

Teóricamente, ya estaba en casa. Teóricamente; porque, a decir verdad, era la casa de Nikos.

–Bueno, me gustaría ver a mis padres, pero es cierto que es demasiado pronto –respondió al final–. Ni siquiera me lo había planteado.

–¿Quieres que rechace su oferta?

Marnie jugueteó una vez más con su anillo.

–Yo no he dicho eso.

–No, ni eso ni lo contrario –dijo con ironía, intentando animarla.

Marnie no estaba de humor para bromas, así que protestó.

–Eres incorregible, Nikos.

Él soltó una carcajada.

–Te lo estoy preguntando en serio, porque quiero saber lo que opinas. Además, es posible que pueda persuadir a tu padre con más facilidad si nos vemos cara a cara.

Marnie estaba al borde de las lágrimas, y tuvo que clavarse las uñas en la palma de la mano para impedir que sus ojos se humedecieran.

–¿Harías eso por mí?

–¿Admitirías que no lo hiciera?

Ella volvió a sacudir la cabeza.

–Supongo que no. Dijiste que solucionarías su problema. Por eso nos casamos, ¿no?

–Sí, exactamente por eso. Y me alegra que lo admitas en voz alta. La sinceridad es mejor que el fingimiento.

Marnie carraspeó y miró el momento el paisaje. Nikos no lo sabía; pero, paradójicamente, le acababa de mentir. No se había casado con él por el dinero.

–Muy bien. Iremos a Inglaterra el mes que viene y nos quedaremos un fin de semana.

En el fondo de su corazón, Marnie esperaba que sus problemas se hubieran arreglado para entonces. Un mes era mucho tiempo, y cabía la posibilidad de que recuperaran la relación que habían tenido, la que ella misma había roto.

Segundos después, volvió a mirar a su marido.

Todo en él era familiar.

Todo en él era ajeno.

Lo conocía muy bien y, al mismo tiempo, no lo conocía en absoluto.

Era un ser extraño para ella, pero también era su amante.

Era una inmensa contradicción.

–Si me sigues mirando fijamente, te quitaré el vestido y te tomaré aquí mismo –le advirtió él.

Las palabras de Nikos la devolvieron a la realidad.

–Discúlpame... es que estaba pensando. Han pasado muchas cosas durante estos años. En otra época, habría afirmado que te conocía mejor que nadie. Pero ahora eres mi marido y, sin embargo, no te conozco.

–Claro que me conoces.

Nikos se levantó y empezó a recoger los platos, ya vacíos.

–¿Cómo conseguiste llegar tan alto en tan poco tiempo? –preguntó ella, deseando saber–. Cuando estábamos juntos, ni siquiera habías empezado a trabajar en el mundo de las finanzas.

Él la miró con impaciencia.

–Tuve una buena motivación. Alguien me dijo que yo no valía nada y que no llegaría a ninguna parte.

–Mi padre no tenía derecho a decirte eso.

–No, no lo tenía. Pero los de tu clase sois así –replicó–. Creéis que sois de sangre azul, y que vuestra sangre vale más que la del resto.

Él llevó los platos a la cocina, y Marnie lo siguió.

–No me trates así, Nikos. No me hables como si yo fuera como ellos –le rogó–. Ni siquiera sé por qué te habló mi padre de esa manera. Al fin y al cabo, él no es...

–Por supuesto que lo es –la interrumpió.

Nikos metió los platos en el lavavajillas, y lo hizo con tanta rapidez y eficacia que Marnie recordó súbitamente su ascendencia social. Él no había crecido con criados. Había crecido en la pobreza, y estaba más que acostumbrado a ese tipo de labores.

–No te equivoques, Marnie. Tu padre es exactamente eso.

Ella suspiró e intentó salvar la situación.

–De todas formas, mi pregunta no se refería a tus motivos, que ya conozco. Lo decía en sentido literal. ¿Cómo lo conseguiste?

–Del mismo modo en que conseguí una beca en Eton y otra en Cambridge, trabajando mil veces más que el resto. Ese es mi truco. Duermo poco y trabajo mucho.

Marnie lo miró con admiración.

—Pues has hecho algo verdaderamente impresionante –dijo.

Nikos se apoyó en la encimera.

—Ahora te toca a ti. ¿Por qué tenías que cocinar? ¿Por qué te has esforzado tanto?

Ella podría haber dicho que se había esforzado porque lo echaba de menos y porque no podía dejar de pensar en él, pero se limitó a decir:

—Es nuestra luna de miel, ¿no?

—Si tú lo dices...

Una vez más, Marnie fingió que su comentario no le había dolido.

—Venga, vuelve a la mesa. Serviré el segundo plato.

Nikos cruzó la cocina y se plantó ante ella, aunque no la tocó.

—Tengo una idea más interesante.

—¿Cuál?

—Descansar un poco entre plato y plato –respondió–. No suelo cenar tan pronto.

—Ah.

—Cuando vuelvo del trabajo, me voy a la piscina y nado un rato. Es una especie de ritual, que me ayuda a olvidar la jornada –le explicó–. Ven conmigo.

Por su tono de voz, Marnie no supo si era una invitación o una orden. Pero, fuera lo que fuera, asintió.

—Está bien, pero tendré que ponerme un bañador.

Él rio.

—¿Para qué?

Nikos se desabrochó la camisa, se la quitó, se bajó los pantalones y se quedó tranquilamente en calzoncillos. Luego, tomó una de las manos de Marnie y la besó de un modo tan dulce que casi la dejó sin respiración.

Sin embargo, ella necesitaba la mano para quitarse el vestido, así que la apartó para bajarse la cremallera. Y como no lo consiguió al primer intento, él tomó la iniciativa y le quitó la prenda lenta y sensualmente, sin abstenerse de acariciarle la espalda.

Marnie no se hizo ilusiones al respecto. En los ojos de Nikos no había cariño. Solo había simple y puro deseo.

Pero el deseo era mejor que nada.

—Tengo que ir un momento a la habitación. Te veré en la piscina.

—Como quieras.

Marnie se dirigió rápidamente a la escalera y subió al dormitorio principal, donde entró en el cuarto de baño. Una vez allí, se quitó el maquillaje, se lavó las manos y se puso un bañador muy escotado, que resultaba elegante y provocativo a la vez.

Nikos estaba haciendo largos cuando ella llegó a la piscina. Se había quitado los calzoncillos, y su cuerpo escultural era un canto a la potencia y la belleza masculina. Marnie tragó saliva y se acercó al borde del agua. Se había levantado un poco de brisa, y se echó el pelo hacia atrás para apartárselo de la cara.

Tras zambullirse, nadó hacia él. Nikos giró la cabeza al verla, iluminados ambos por los focos verdes de los laterales. Y le lanzó una mirada tan tórrida que ella estuvo a punto de perder el ritmo de las brazadas.

Sin embargo, no lo perdió. De hecho, aumentó la velocidad y llegó al borde de la piscina al mismo tiempo que él, en una carrera espontánea.

Encantada, rompió a reír.

Y él se quedó enormemente confundido.

Había olvidado lo bonita que era su risa. Una risa evocadora, emocionante, que abrió grietas en la prisión de sus recuerdos y reavivó lo que había sentido por ella en el pasado.

No fue solo por la canción de su sonido, sino también por su cara de felicidad. Estaba perfecta sin maquillaje. Había tomado el sol, y su piel tenía un tono ligeramente sonrosado, un tono radiante.

–Hacía años que no echaba una carrera –dijo ella.

Nikos la miró de forma extraña, con una expresión que Marnie no supo interpretar. Pero la incomodó de tal forma que se alejó hacia la escalerilla y, cuando ya se disponía a salir del agua, se giró y vio que la había seguido.

Esta vez no tuvo duda alguna. Sus ojos decían con toda claridad que estaba a punto de besarla. Y a ella le pareció bastante curioso que ese fuera el único aspecto de su relación que podía controlar.

En todo lo demás, Nikos era un desconocido. Nunca sabía lo que estaba pensando ni lo que iba a hacer. Pero conocía su deseo. Lo conocía muy bien.

–Nikos, yo...

Él la tomó entre sus brazos y ella se lo permitió sin resistencia alguna, haciendo caso omiso de su sentido común.

–Lo sé, Marnie.

En ese momento, Marnie supo que no estaba sola en el feroz tornado de las emociones. Nikos se sentía igual que ella. El pasado los perseguía a los dos, y los alcanzaba del mismo modo.

Fue toda una revelación.

Y se alegró de que él sufriera el mismo destino.

Se besaron apasionadamente, frotándose el uno contra el otro. Marnie notaba su erección contra el bañador, y la combinación de su contacto y la cálida temperatura del agua la llevó al borde de la locura.

Impaciente, se apartó lo justo para poder quitarse la prenda que le molestaba. Sin embargo, se le había pegado al cuerpo como una segunda piel. Y sus temblorosas manos no facilitaban precisamente la tarea.

Por fortuna, Nikos no tenía ese problema.

Con una eficacia digna de crédito, le bajó las tiras del bañador y dejó sus senos al desnudo, bañados por el agua y la luz verde. Luego, tiró un poco más y se lo quitó del todo, aunque Marnie subió las piernas para facilitarle la tarea.

Al verse así, liberada del único obstáculo que separaba sus cuerpos, pensó que, si no hacían el amor enseguida, caería muerta en ese mismo instante. Ardía en deseos de fundirse con él, y le aterraba la posibilidad de que cambiara de opinión.

Pero no cambió de opinión.

Llevó las manos a sus muslos y los cerró alrededor de su cintura, sin penetrarla aún.

–¿Seguro que puedes? Anoche nos excedimos un poco, y es posible que te resulte molesto –dijo Nikos.

Marnie sacudió la cabeza.

–Estoy bien –replicó.

–Sé sincera conmigo. Si no quieres...

Ella soltó un gemido de desesperación y se apretó contra su sexo, tomándolo sin más. Al notarlo dentro, sintió un alivio que la debilitó y fortaleció a la vez, en otra de las emociones contradictorias que dominaban su relación.

Nikos se aferró a su cintura, sin dejar de asaltar su boca. Los movimientos de su lengua eran un eco de los movimientos de su cadera.

Y cuando el orgasmo llegó, fue tan súbito que Marnie no tuvo tiempo de prepararse.

A fin de cuentas, todo el día había sido una tortura para ella, una especie de largo e insoportable juego previo, lleno de recuerdos de la noche anterior. Tanto era así que hasta las cosas más tontas la sacaban de quicio y la excitaban; por ejemplo, el roce de sus sensibilizados pezones con la tela del delantal.

Nikos admiró su rostro en plena oleada de placer, y el corazón se le encogió a su pesar. No quería sentir nada por ella.

Preocupado, se dijo que lo suyo era una simple cuestión de deseo y retomó las intensas acometidas, cerrando las manos sobre sus nalgas. Luego, le lamió el cuello e intentó llegar a sus pechos, pero estaban bajo el agua, de modo que la tuvo que levantar un poco para poder succionarlos.

Marnie gimió, completamente rendida, y él aceleró el ritmo. Estaba al borde de perder el control. Y al sentir que Marnie se acercaba al segundo orgasmo, se concentró tanto como pudo y lo alcanzó con ella, aferrándose a su cuerpo.

Los dos se quedaron extasiados. Jadeaban, y su sudor se mezclaba con el agua de la piscina. Pero, por muy satisfactorio que hubiera sido, Nikos estaba lejos de haber terminado. Solo había sido el preludio de la paciente y lenta exploración que llevaba imaginando todo el día, de todas las cosas que le quería hacer para atormentarla y complacerla.

Marnie se relajó poco a poco, aunque su tranquilidad no duró mucho.

Momentos más tarde, se acordó de que había dejado el pescado en el horno, y supuso que ya estaría como un tizón.

Pero si ese era el precio a pagar por el deseo, estaba encantada de pagarlo.

Aquella madrugada, mientras yacían abrazados en la cama, totalmente satisfechos tras varias horas de hacer el amor, Marnie se incorporó un poco y giró la cabeza para poder mirar a su marido.

Tenía los ojos cerrados, y respiraba con pesadez.

–¿Cómo has podido decir que estaba fingiendo? –preguntó ella en un susurro.

Sin levantar los párpados, Nikos contestó:

–Esto solo es sexo, Marnie. No confundas el sexo con algo más profundo, o te arrepentirás.

Entonces, él se giró y le dio la espalda.

Sus ojos no eran lo único que estaban cerrados. También lo estaba su corazón.

Capítulo 7

QUINCE DÍAS después, las palabras de Nikos seguían torturando a Marnie, que no se las podía quitar de la cabeza.

«No confundas el sexo con algo más profundo, o te arrepentirás».

Sus ojos de color café se clavaron en el balcón. Estaba en su despacho, cuya localización no era casual. Había elegido una habitación lejos de la piscina, la cocina y el dormitorio principal para estar tan lejos como fuera posible de Nikos y de lo que había entre ellos.

No se podía decir que fuera grande, pero no necesitaba más; y tenía la ventaja de que, en lugar de dar al mar, daba a la capital griega, lo cual permitía que pudiera distinguir la Acrópolis en la distancia.

Sin embargo, su despacho también daba a otra cosa, más importante para ella: el camino de la propiedad. Desde allí, podía ver el coche de Nikos cuando volvía de la oficina, y eso le daba el tiempo necesario para prepararse, sacar fuerzas de flaqueza y adoptar la fachada que convenía adoptar en lo tocante a su esposo.

Luego, cenaban juntos y mantenían conversaciones educadas, aunque el torrente de emociones subterráneas amenazaba siempre con salir a la superficie. Y por fin, salía. Pero solo en la cama. Solo durante sus ardientes, apasionadas e intensas relaciones sexuales, que lo eran todo para ella. Se había vuelto adicta a su cuerpo. A su cuerpo y a lo que le hacía sentir.

De hecho, extrañaba tanto las noches de amor que, si no hubiera sido por su trabajo, se habría vuelto loca. La búsqueda de financiación para Future Trust, la ONG a la que dedicaba su tiempo, le ofrecía la distracción que necesitaba para no estallar.

Pero aquella tarde, el trabajo no le dio ningún solaz. Y era lógico que no se lo diera; porque, por primera vez desde su boda, iban a salir.

Curiosamente, ni siquiera se había dado cuenta de que había estado viviendo como una reclusa, encerrada siempre entre las paredes de la preciosa mansión, sin más excepciones que sus excursiones al mercado, en compañía de Eleni.

Sin embargo, había llegado el momento de enfrentarse al mundo. A fin de cuentas, era la señora Kyriazis, la esposa del famoso multimillonario. Y, cuando por fin oyó su coche, se levantó del sillón a toda prisa.

Marnie siempre dejaba de trabajar cuando Nikos llegaba. No lo hacía porque quisiera mantener su trabajo en secreto, sino porque su esposo no pasaba nunca por allí. Era como si hubiera decidido que su despacho le estaba vedado. No parecía que sus actividades le interesaran en exceso. Y ella se divertía pensando que, si hubiera sido una narcotraficante, ni siquiera se habría dado cuenta.

Al salir, se dirigió directamente al vestíbulo. Ya se había arreglado, así que no tenía que pasar por la habitación. Se había retocado el cabello, se había puesto zapatos de tacón alto y se había maquillado como una profesional, algo a lo que estaba acostumbrada desde muy joven porque su madre había insistido en que Libby y ella tuvieran las habilidades necesarias para parecer damas de la alta sociedad en cualquier circunstancia.

Nikos entró en la casa instantes después de que ella llegara a la puerta, donde lo recibió con una sonrisa de labios pintados de rojo. Pero su esposo no reaccionó como ella esperaba. Sus ojos no brillaron con el destello del deseo, sino con una expresión de sorpresa.

Marnie contuvo la respiración, esperando a que dijera algo. Y, por fin, lo dijo.

—Estás muy...

—¿Sí?

—Nada. Olvídalo.

Nikos dejó sus llaves en la mesita de la entrada y se apartó de ella, decepcionándola un poco más.

—Bajaré en cuanto pueda —continuó él—. Tómate algo mientras tanto.

Marnie frunció el ceño.

—Está bien, pero no tardes mucho. Dijiste que la fiesta empieza a las ocho.

Él no dijo nada, aunque subió los escalones de dos en dos. Y la consternada Marnie se dirigió a la cocina.

Una vez allí, contempló un momento la puesta de sol y alcanzó la tetera para ponerla al fuego, pero cambió de opinión. Las circunstancias exigían algo más fuerte, así que se sirvió una copa de champán y salió al patio.

La piscina estaba preciosa. La inmóvil superficie del agua reflejaba los últimos rayos de luz y la figura de la propia Marnie, que se inclinó para mirarse. ¿Por

qué desaprobaba Nikos su aspecto? Se había preparado a conciencia para esa velada. Su vestido estaba a
la última moda en términos de alta costura. Sus zapatos eran perfectos. Su imagen era la que debía tener la
esposa de Nikos Kyriazis.

Se puso de cuclillas y, con cuidado de no mojarse
el dobladillo del vestido, metió una mano en el agua y
la agitó para disipar su reflejo. Luego, se incorporó de
nuevo y se giró hacia la casa, satisfecha.

Nikos la estaba esperando en la cocina. Se había
duchado y se había puesto un esmoquin que enfatizaba maravillosamente sus anchos hombros. Además,
se había peinado hacia atrás, apartando su negro cabello de sus atractivos rasgos, que le gustaron más que
nunca.

Marnie respiró hondo, decidida a concederle la
oportunidad de arreglar las cosas. Al fin y al cabo, no
era tan difícil. Solo tenía que dedicarle una sonrisa o
un cumplido. Solo tenía que preguntarle por su día.
Cualquier cosa, lo que fuera. Cualquier detalle de los
que un marido normal dedicaba a su mujer.

Pero Nikos se limitó a mirar la hora.

–¿Preparada?

Ella apretó los labios.

–¿Es que no te lo parezco?

Marnie se bebió el champán que se había servido y
dejó la copa en la encimera con tanta fuerza que el
golpe resonó en la habitación.

–Sí, claro que sí –dijo él.

Nikos se acercó y clavó la vista en sus ojos, pero
Marnie no flaqueó. Echó los hombros hacia atrás y salió de la casa con gesto altivo, para que su esposo no
supiera que su falta de amabilidad le había hecho daño.

Luego, él le abrió la portezuela del Ferrari y ella tomó asiento, pegándose a la ventanilla sin más intención que la de mantener las distancias. Sin embargo, eso no evitó que fuera dolorosamente consciente de todos sus movimientos; tan consciente, que se concentró en el paisaje para no pensar en él.

Nikos condujo en silencio, y Marnie se alegró porque necesitaba recobrar la compostura. Pero no tuvo mucho tiempo, porque su destino estaba más cerca de lo que había pensado, en el mar: un barco enorme y perfectamente iluminado.

–¿Es en un barco? –preguntó, extrañada.

–Eso parece.

Marnie tragó saliva, negándose a que su frialdad le hiciera perder los papeles.

–Excelente –dijo con sorna–. Adoro los barcos.

Ya en el muelle, él salió del coche para abrirle la portezuela, pero ella bajó del vehículo antes de que pudiera alcanzarla y se dirigió a la pasarela del navío, donde no había nadie. Llegaban con retraso, y supuso que todos los invitados estarían a bordo.

–¿Qué se celebra? –preguntó entonces.

–Nada en particular. Mi banco da una fiesta todos los años.

–¿Tu banco?

–Bueno, el banco con el que trabajo –puntualizó él–. Evidentemente, no es mío.

–Evidentemente.

Poco después, Marnie llegó a la conclusión de que la afirmación de su esposo no estaba demasiado lejos de la realidad. Quizá no fuera el dueño del banco, pero lo trataban como si fuera una especie de dios.

Se ofrecieron bebidas, se sirvió comida y se dieron

y recibieron consejos. Casi todas las conversaciones se mantenían en griego o italiano, que Marnie solo entendía un poco, y su frustración fue creciendo inexorablemente.

¿Qué le pasaba a Nikos? Se comportaba como si le hubiera pinchado las ruedas del coche o como si hubiera vendido los secretos de su matrimonio a la prensa del corazón. ¿Por qué estaba enfadado con ella, si lo había hecho todo bien? Su ropa, su pelo, su maquillaje, todo. Se había esforzado por ser lo que necesitaba que fuera, la esposa de un magnate. Y no obstante, estaba enfadado.

En determinado momento, los hombres con los que charlaba su esposo le dieron un respiro, y ella aprovechó la ocasión para acercarse.

–Si nos disculpan...

Marnie lo tomó del brazo y lo apartó un poco del grupo.

–¿Necesitas algo? –preguntó él en voz baja.

–Sí.

–Pues tendrás que esperar. Ahora no puedo hablar.

Irritada, Marnie lo dejó y se alejó entre la multitud. Sabía que Nikos la estaría mirando, de modo que caminó como si no tuviera ninguna preocupación, algo que estaba bastante lejos de la verdad.

Por fin, encontró un lugar sin gente y se apoyó en la barandilla del barco. Hacía una noche perfecta, con una brisa agradable y un cielo completamente despejado, ideal para pensar. Pero su soledad no duró mucho tiempo, porque alguien le dio un golpecito en el hombro y la obligó a girarse.

Marnie supuso que sería Nikos, y se quedó atónita al ver al exprometido de su difunta hermana.

–¡Anderson! ¡Qué sorpresa!

Él sonrió.

–Esperaba que vinieras, aunque Nik no estaba seguro –dijo–. Por cierto, felicidades por la boda...Espero que seáis muy felices.

–Y yo.

Anderson se apoyó en la barandilla, junto a ella.

–Me habría gustado asistir a la ceremonia, ¿sabes?

Marnie lo miró con detenimiento y se preguntó si sería consciente de que su matrimonio era una farsa.

–A mí también me habría gustado.

–¿Estás segura? Por tu tono de voz, cualquiera diría lo contrario –bromeó.

Marnie soltó una carcajada.

–Oh, discúlpame... Es que me he llevado una sorpresa al verte. Siempre olvido que Nikos y tú os lleváis muy bien.

Él volvió a sonreír.

–Es mi amigo más antiguo.

A ella se le hizo un nudo en la garganta, porque se acordó de que Anderson era la persona que había informado a Nikos sobre los problemas de su padre. Pero lo disimuló mediante el procedimiento de cambiar de conversación.

–Hacía tiempo que no te veía. Ya no vas nunca a la casa de mis padres.

Anderson se encogió de hombros.

–Tenía intención de haceros una visita, pero...

–¿Pero?

–Es una situación extraña, Marnie. Cada vez que tus padres me miran, me doy cuenta de que están viendo a Libby y me siento mal –dijo con tristeza–. Supongo que tú lo entiendes mejor que nadie.

–Sí, aunque no es lo mismo. Cuando me miran a mí, me comparan con ella y solo ven mis defectos –replicó.

Anderson se frotó la barbilla.

–Pues hacen mal. Erais absolutamente distintas.

–Gracias –replicó con sorna.

–No pretendía insultarte. Libby solía decir que erais tan diferentes como el invierno y el verano, pero añadía que eras el mejor verano del mundo.

Marnie sonrió con nostalgia.

–Y yo le decía que ella era el verano. Se parecía bastante más, ¿no crees? Alegre, dulce, encantadora...

–No hagas eso, Marnie. A Libby no le habría gustado nada.

–¿A qué te refieres?

–A que hablas como si te creyeras menos que ella. Libby no era la mujer frívola y presumida que tus padres creen. Libby te adoraba. Y aunque Arthur y Anne te hagan sentir inferior, no lo eres en absoluto.

–Me alegra que pienses eso –dijo con sinceridad.

–Y a mí me alegra que te hayas casado con Nikos. Sé que siempre ha estado enamorado de ti.

Marnie lo miró con asombro. ¿Sería posible que no conociera la verdad? ¿Nikos no se lo había dicho ni a su mejor amigo?

–No me mires así. Nikos interpretaba perfectamente bien el papel de millonario ligón, pero no te olvidó. ¿A qué crees que viene todo esto? Lo ha hecho por ti.

Ella sacudió la cabeza, pero Anderson siguió hablando.

–Una noche, poco después de que os separarais, se emborrachó con el whisky de mi padre y me dijo que el dinero no le importaba nada, y que solo quería ser rico para que volvieras con él.

—Oh, vamos, seguro que no dijo eso.

—Lo dijo con esas mismas palabras. De hecho, estuvo hablando de ti toda la noche. Creía que solo querrías estar con un hombre como yo, un hombre con tierras y títulos. Y estaba decidido a demostrarte que podía ser lo que tú necesitabas... Aunque quizá se pasó un poco, ¿no? —dijo con una sonrisa—. Con un millón de libras, habría bastado.

—Nunca fue una cuestión de dinero, Anderson.

Él asintió y se bebió la copa de champán que llevaba en la mano.

—Lo sé. Se lo dije un montón de veces, pero no me hizo caso —afirmó—. Y es normal que no me lo hiciera, porque tus padres liaban las cosas de tal forma que cualquiera habría pensado que Libby y tú erais como ellos.

Ella se quedó tan muda como boquiabierta.

—Es posible que te sorprenda, pero tu hermana estaba en la misma situación que tú —continuó él—. Estuvo a punto de rechazar mi oferta de matrimonio por llevar la contraria a Arthur y Anne. Estaba tan harta de sus normas y expectativas que ardía en deseos de rebelarse, aunque solo fuera una vez.

—No me lo puedo creer —dijo ella en un susurro—. Pero si siempre fue la obediente... Creí que lo era porque le gustaba.

—Lo detestaba. Esa era su cruz.

Ella suspiró y apartó la vista, emocionada.

—La echo mucho de menos, ¿sabes?

Anderson asintió y dijo, con voz rota:

—Y yo.

Impulsivamente, Marnie se giró hacia él y lo abrazó con fuerza. En parte, porque entendía su dolor y, en parte, porque a pesar de los seis años transcurridos desde la muerte de Libby, seguía pensando en ella.

Nikos pensó que, vistos en la distancia, eran la pareja perfecta. Los dos, de familias ricas. Los dos, vestidos con ropa de diseño. Ella, con uñas perfectamente cuidadas y él, perfectamente arreglado.

Sin embargo, también pensó que tenían una diferencia fundamental. Desde su punto de vista, Marnie estaba radiante porque se sentía como en casa entre la élite financiera. En cambio, Anderson nunca había estaba cómodo con sus orígenes sociales.

–Si no confiara plenamente en ti, me sentiría celoso.

Marnie se apartó de Anderson a toda prisa, sin tiempo para recuperar el aplomo. Y al ver que estaba llorando, Nikos frunció el ceño y preguntó:

–¿Te encuentras bien?

–Claro que sí –dijo con ironía–. Esta es mi cara de felicidad.

Nikos la miró con disgusto, pero se sacó el pañuelo de la chaqueta y se lo dio. Sorprendida, Marnie aceptó el ofrecimiento y se secó el rabillo de los ojos con cuidado de no arruinar su maquillaje.

–Es que estábamos hablando de los viejos tiempos –explicó Anderson.

Nikos se giró hacia su amigo.

–Tu padre ha preguntado por ti –le informó.

–¿Bertram está en la fiesta? –se interesó ella con alegría.

–Sí que lo está –contestó Anderson, que estrechó la mano de Nikos–. Y será mejor que vaya a verlo, aunque solo sea porque a tu novio no le gustaría que te monopolice.

Anderson guiñó un ojo a Marnie, con la evidente intención de marcharse de inmediato. Pero ella le puso una mano en el brazo y dijo:

–¿Te vas a quedar mucho tiempo en Grecia? ¿Quieres venir un día a cenar?

–Me encantaría, pero me voy mañana.

–Bueno, otra vez será.

–Por supuesto.

Anderson se inclinó, le dio un beso en la mejilla y se fue tras guiñar el ojo otra vez; pero en esta ocasión, a su amigo.

En cuanto Marnie y Nikos se quedaron a solas, el ambiente se cargó de tensión. De hecho, ella se aferró a la barandilla con tanta fuerza que los nudillos se le pusieron blancos.

–¿Te estás divirtiendo? –preguntó a su esposo.

Él se encogió de hombros.

–Es una buena ocasión de hacer negocios.

–No sabía que tu trabajo te obligara a este tipo de celebraciones.

–Y no me obliga, pero me gusta aprovechar las oportunidades. No quiero dormirme en los laureles.

Marnie pensó que Nikos se estaba probando constantemente, decidido a demostrar al mundo su valía. ¿O lo hacía por otra cosa? ¿No tendría razón su amigo al afirmar que lo hacía por ella, para demostrar que estaba a su altura?

Tras sopesarlo un momento, se dijo que no era posible. Si Arthur no hubiera estado al borde de la quiebra, Nikos no habría reaparecido. Pero se quedó con la duda; sobre todo, por la otra afirmación de Anderson: que por muy bien que interpretara el papel de playboy, no había dejado de pensar en ella.

Marnie entrecerró los ojos y observó a su marido. Nikos estaba mirando la costa, así que tuvo ocasión de admirar su perfil aristocrático y la dura belleza de sus pómulos, que parecían esculpidos en piedra.

—¿Ves esa luz de allí?

Ella siguió la dirección de su mirada hasta un destello en lo alto de un acantilado.

—¿Qué es? ¿Una cabaña?

—Sí, exactamente. Es el lugar donde viví hasta los ocho años.

—Ah —dijo Marnie, súbitamente interesada—. ¿Cómo es? ¿Está en un pueblo?

—No, qué va, no llega ni a aldea. Cuando yo era pequeño, solo había cuatro cabañas. Y ninguna tenía más de dos habitaciones.

—¿Te gustaba vivir allí?

—¿Que si me gustaba? Lo adoraba. Tenía toda la libertad del mundo.

—¿Y eso?

—Mi padre tenía un barco pesquero, y salía a pescar todos los días.

—¿Calamares?

Él asintió.

—Y langostinos.

Marnie no quería que dejara de hablar de su infancia, así que insistió con sus preguntas.

—Has dicho que viviste allí hasta los ocho años. ¿Por qué os fuisteis?

Él la miró a los ojos.

–Porque hubo una tormenta, y mi padre falleció.

–Oh, no...

Nikos se puso tenso, indicando su deseo de cambiar de conversación. Y cambió de tema, desde luego. De hecho, cambió tan deprisa que Marnie se quedó momentáneamente perpleja.

–No sabía que Anderson te iba a molestar.

–¿Cómo? –preguntó, confundida–. Anderson no me ha molestado.

–Pues algo ha tenido que decir, porque tus ojos estaban llenos de lágrimas.

–¿Y tú le recriminas eso? ¿Tú, que solo vives para insultarme?

Nikos suspiró.

–No tengo intención de hacerte daño, Marnie. No es lo que pretendo.

Ella parpadeó y se giró hacia el mar, rompiendo el contacto visual.

–No te creo –dijo.

Nikos guardó silencio.

–¿Tenemos que quedarnos mucho tiempo? –prosiguió Marnie.

–No. Nos podemos ir ahora mismo.

Él la tomó de la mano y la llevó hacia la escalerilla del barco. Durante el trayecto, varios invitados intentaron llamar su atención, pero se los quitó de encima y no se detuvo hasta llegar al muelle, donde se detuvieron junto al Ferrari.

Entonces, Nikos le puso las manos en los hombros y la miró con intensidad, como si pudiera ver su alma.

–¿Qué he hecho para que te sientas insultada?

Marnie sacudió la cabeza, incapaz de hablar.

–Dímelo, *agapi mu*.

–Nada, no te preocupes.

–Mentirosa.

Él le dio un beso en los labios y, a continuación, le quitó las horquillas que sujetaban su moño, soltándole el pelo.

–Estaba enfadado contigo, y te he tratado mal.

Marnie tuvo que reprimir un sollozo.

–¿Por qué estabas enfadado? –se interesó con voz ligeramente quebrada.

–No sé... Por todo esto. Por ti.

Incómodo, Nikos abrió la portezuela del vehículo. Parecía a punto de poner fin a la conversación. Sin embargo, ella no se lo permitió.

–¿Por mí? ¿Qué significa eso? ¿Qué he hecho?

–Nada, no has hecho nada. Pero eres quien eres.

Marnie respiró hondo. Su corazón latía tan deprisa que casi le dolía.

–No lo entiendo –le confesó.

–¿No lo entiendes? Pues permíteme que te lo explique. Eres lady Marnie Kenington, y siempre lo serás. Eres el vestido que llevas. Eres la fiesta del barco. Eres una cara perfecta. Eres fría y exquisitamente inalcanzable –contestó Nikos–. No tienes nada que ver con la mujer de quien creí estar enamorado. Esa mujer solo existía en mi imaginación.

Capítulo 8

POR PRIMERA vez desde su llegada a Grecia, el día amaneció lluvioso. El cielo estaba encapotado, los árboles de la costa se inclinaban ante el viento y el mar era una turbulencia furiosa cuyas olas de acero rompían en estallidos de espuma.

Marnie pensó que aquel paisaje desolador se parecía mucho a su estado anímico, porque seguía dando vueltas a la conversación de la noche anterior, intentando comprender lo que pasaba. Pero, por muy rabiosa que fuera la tormenta, acabaría en algún momento. El sol volvería a salir, y las cosas volverían a estar como antes, o incluso mejor. Al fin y al cabo, las tormentas despejaban el ambiente.

¿No sería igual con Nikos y ella?

¿No estarían en mitad de una tormenta que, más tarde o mas temprano, se disiparía? Y de ser así, ¿no se llevaría con ella el dolor del pasado?

Sacudió la cabeza con tristeza y volvió a recordar las palabras de su esposo, desde la afirmación de que nunca dejaría de ser lady Kenington hasta la afirmación de que nunca había sido la mujer de quien se había enamorado.

Y tenía razón. No lo había sido.

Pero había cambiado mucho desde entonces. Había madurado, aunque Nikos no fuera capaz de verlo.

Tras bajar la cabeza, contempló el anillo de diamantes que brillaba en su dedo. Se habían casado y, sin embargo, eran dos perfectos desconocidos que se hacían daño una y otra vez, en una guerra tan constante como inútil.

La noche anterior, Nikos no había dormido en la habitación. Marnie se había duchado y lo había esperado, con la esperanza de que el sexo devolviera el sentido a sus vidas. Era lo único que liberaba la verdad de sus corazones.

Pero, ¿por qué se sentían así? ¿Solo por el placer, como afirmaba Nikos? ¿O era algo más? Cabía la posibilidad de que fuera amor o de que, al menos, fuera un eco del amor pasado, un fantasma que desaparecía con el amanecer.

Marnie se echó hacia atrás en la silla donde estaba y miró la piscina, que reflejaba la tristeza gris del cielo. ¿Se habría ahogado el padre de Nikos en un día como ese? ¿Se lo habría tragado el mar con ese mismo temporal? Fuera como fuera, Nikos había estado tan callado durante el camino de vuelta a la casa que no se atrevió a preguntarle nada.

Al cabo de un rato, se levantó y se fue a la cocina, pensando que un té le vendría bien. Y se quedó helada cuando vio a su esposo.

Fue como revivir la primera mañana de su estancia en Grecia. Nikos, que llevaba un traje impecable en todos los sentidos, estaba leyendo un periódico en la mesa, con su taza de café a la izquierda.

—Buenos días —dijo ella en voz baja.

Él alzó la cabeza, le dedicó una sonrisa tensa y siguió con la lectura.

Marnie echó los hombros hacia atrás y preguntó, con actitud desafiante:

–¿Has dormido bien?

–Sí –mintió Nikos, que solo había dormido unos minutos–. ¿Y tú?

–No.

Él pasó de página, haciendo caso omiso de la respuesta de Marnie, cuya sinceridad era un intento de firmar la paz con su esposo.

–¿Dónde has dormido? –insistió, con la esperanza de abrir una brecha en sus defensas.

–En la habitación de invitados –dijo él, sin apartar la vista del periódico.

Marnie perdió la paciencia y puso una mano en el artículo que estaba leyendo.

–Tenemos que hablar, Nikos.

Él suspiró y miró la hora.

–¿Es necesario?

–Por supuesto que sí. Esto no va bien.

Nikos alcanzó la taza de café, echó un trago y dijo:

–Pues habla deprisa. Tengo una reunión.

–No seas injusto –protestó ella–. Deja de comportarte así.

–¿Así? ¿Cómo?

–Encerrándote en ti mismo cuando las cosas se ponen feas.

–Yo no me encierro en mí mismo. Disfruto con los obstáculos, porque los momentos difíciles están llenos de oportunidades. Pero no quiero hablar contigo. No hay ningún tema importante que lo justifique.

–¿Ah, no? ¿Lo que dijiste anoche no te parece importante?

–¿Qué dije?

–No te hagas el tonto. Hablaste como si no nos quisiéramos, como si no nos conociéramos en absoluto.

–Es la verdad –replicó, algo confundido.

–Me refiero a...

–¿A lo de que me había enamorado de una mujer que no existía? –la interrumpió–. Si hubiera existido, se habría puesto de mi lado y habría luchado conmigo. Pero tú no hiciste eso. Y cuando te vi anoche, tan perfecta, tan elegantemente vestida y maquillada, pensé que eres igual que entonces. Eres la mujer que Arthur y Anne querían que fueras.

–¿Cómo te atreves a decir eso? ¡Hablas como si yo fuera un juguete suyo, una simple invención de la voluntad de mis padres!

–¿Y no lo eres?

–Todos somos hijos del pasado. Tú eres tan producto de tu vida como yo lo soy de la mía. Pero, si me odias tanto como parece, ¿por qué te empeñaste en que me casara contigo? No puedo creer que solo fuera por venganza. Hay algo más.

Él cerró el periódico y se terminó el café.

–¿Y qué crees que es?

Ella se encogió de hombros.

–No lo sé, Nikos.

–En ese caso, te lo diré yo. Me empeñé en que fueras mía.

El dolor de Marnie fue tan evidente que Nikos se arrepintió de haber pronunciado esas palabras. Habría dado cualquier cosa por devolverle la sonrisa o provocar una de sus alegres y encantadoras carcajadas.

Sin embargo, Marnie no estaba para risas.

–¿Lo dices en serio? ¿Solo ha sido por una cuestión de orgullo? ¿Me has empujado al matrimonio porque te abandoné cuando era una adolescente y no lo podías soportar? ¿Te has casado conmigo para castigarme, para humillarme, para...?

Él alzó una mano, silenciándola.

—Te lo dije anoche. No tengo intención de hacerte daño. Nunca la he tenido.

—¿Y no te paraste a pensar que me harías daño inevitablemente?

Nikos tragó saliva.

—¿Te arrepientes de nuestro matrimonio?

—¿Cómo no me voy a arrepentir? Me has puesto en una situación insostenible.

Marnie le dio la espalda y se quedó mirando la tormenta. Estaba en una encrucijada. Podía ser sincera con él y decirle la verdad, que no soportaría aquello si llegaba a la conclusión de que no la amaría nunca o callársela y contentarse con el hecho de que, fuera como fuera, estaban casados.

Desgraciadamente, no imaginaba una vida sin él. Si tenía que elegir entre aquel conato de relación y una relación inexistente, prefería el conato. Prefería el placer de sus noches y el dolor de sus días a estar sola y no sentir nada de nada.

Marnie se giró hacia él muy despacio, con expresión estoica.

—No espero mucho de ti, Nikos, pero espero que me respetes. ¿Y sabes por qué? Por lo mismo que me dijiste tú anoche, porque eres quien eres —declaró—. Puede que hablaras en serio al afirmar que la chica de la que te enamoraste solo existía en tu imaginación, y puede que no. Sencillamente, no lo sé. Pero sé que te conozco, qué te conocía entonces y te conozco ahora. Y sé que no merezco tu desprecio.

Marnie tomó aliento y siguió hablando.

–Afirmas que te casaste conmigo para demostrar que podía ser tuya. Pues bien, yo me casé contigo para salvar a mi padre. Y no me contentaré con menos.

–Soy consciente de ello. Siempre has sido una hija obediente, capaz de hacer cualquier cosa por Arthur –se burló.

–¿Sabes una cosa? Mis padres acertaron al pedirme que rompiera contigo –dijo, profundamente dolida–. No porque no tuvieras dinero ni prestigio, sino porque eres idiota.

Él soltó una carcajada de incredulidad.

–Lo estoy diciendo en serio, Nikos. Efectivamente, soy lady Marine Kenington, la mujer que siempre he sido. Me extorsionaste para que me casara contigo, y ahora te quejas de que sea quien soy. El error es tuyo, por intentar que sea lo que no puedo ser.

Las palabras de Marnie molestaron mucho a Nikos, y le molestaron porque sabía que tenía razón. No tenía ninguna queja de su comportamiento como esposa. Había hecho todo lo que le había pedido. Había cumplido su parte del acuerdo. Era él quien no lo estaba cumpliendo, y la revelación aumentó su mal humor.

¿Cómo decirle que nunca le habían gustado las fiestas de la alta sociedad, como la del barco? ¿Cómo decirle que despreciaba a la mayoría de aquellas personas, siempre dispuestas a jactarse de su riqueza y aplastar a los demás? ¿Cómo decirle que, al verla allí, se había dado cuenta de que era como ellos, de que nunca podría ser otra cosa y de que nunca verían el mundo de la misma manera?

–Tienes toda la razón, Marnie. Sabía lo que podía

esperar cuando me casé contigo –replicó, mirándola con dureza–. Y ahora tendrás que disculparme, porque me tengo que ir.

Nikos se dirigió a la salida; pero, cuando llegó a la puerta, se giró y la volvió a mirar otra vez. Era evidente que su esposa estaba haciendo esfuerzos por mantener el aplomo, y a él se le encogió el corazón.

–Mira, estoy seguro de que esto puede funcionar. Nos llevamos muy bien en la cama.

–Solo es sexo –le recriminó ella.

–Sí, solo es sexo. Pero muchos matrimonios funcionan con mucho menos.

–Ya, claro –dijo Marnie, que estaba a punto de derrumbarse–. ¿Qué haces aquí todavía? ¿No tenías prisa?

Él asintió y se fue.

Nikos no se pudo concentrar en el trabajo. Estaba tan angustiado y preocupado por su relación con Marnie que se equivocó en el envío de varios mensajes e introdujo datos erróneos en el libro de contabilidad.

Al final, lo dio por imposible y se marchó a casa a primera hora de la tarde.

Todo estaba en silencio cuando llegó. Fue de habitación en habitación, intentando convencerse de que no buscaba a Marnie, pero siguió adelante hasta que oyó su voz en el despacho donde trabajaba.

Marnie y él habían llegado al acuerdo tácito de que Nikos no la molestaría cuando estuviera allí; un acuerdo de fácil cumplimiento, porque Marnie solo estaba en el despacho cuando él estaba en la oficina. Pero sintió curiosidad y se acercó a la puerta.

—Sí —dijo ella al otro lado—. Es un proyecto muy prometedor.

Nikos supo que estaba hablando por teléfono, porque dijo varias frases cortas seguidas de otros tantos silencios. E imaginó la encantadora arruga que se le hacía en la frente cada vez que se concentraba y fruncía el ceño.

—Es muy generoso de su parte, señora Finley-Johns. Se lo agradezco mucho.

El silencio posterior fue más largo que los anteriores, de donde Nikos dedujo que había colgado el teléfono. Solo entonces, abrió la puerta y entró.

Marnie alzó la cabeza, y él se quedó esperando una de aquellas sonrisas que siempre iluminaban su día. Pero no llegó. De hecho, no parecía contenta de verlo.

—¿Va todo bien? —dijo ella.

—¿Por qué lo preguntas?

—Porque es muy pronto —contestó, lanzando una mirada al reloj—. Normalmente, no llegas hasta la noche.

Él se encogió de hombros.

—Es que no podía trabajar. Querías hablar conmigo esta mañana, y yo te he metido prisa. He pensado que podríamos salir a cenar y charlar tranquilamente.

—Ya nos hemos dicho lo que teníamos que decir.

Nikos se pasó una mano por el pelo.

—Quizá, pero no ha sido una conversación como Dios manda. Salgamos a cenar. Intentemos ser civilizados.

Ella arqueó una ceja, sinceramente extrañada.

—Estoy trabajando. Y no creo que una cena arregle nada.

Nikos se cruzó de brazos y sonrió, intentando apaciguarla.

–¿Qué estás haciendo? ¿En qué estás trabajando? –preguntó–. ¿O es un secreto?

–No es ningún secreto. Nunca lo ha sido. Me dedico a buscar fondos para un grupo de investigadores que lucha contra el cáncer. Concretamente, contra la leucemia –dijo–. Aunque hago lo posible por no tener demasiado protagonismo.

Nikos no debía de esperar esa respuesta, porque se frotó la mandíbula con una mano, se apoyó en el marco de la puerta y la miró con redoblado interés.

–¿Y por qué no quieres tener protagonismo?

–Porque me gusta más así.

–¿No es un poco contradictorio? Doy por sentado que consigues donaciones porque eres famosa –observó él.

–Sí, pero no es necesario que haga acto de presencia. Mi apellido surte el mismo efecto –explicó ella, encogiéndose de hombros–. Bueno, mi apellido y mis contactos.

Nikos se acercó a la mesa y miró la pantalla del ordenador, donde había una lista de nombres con los donativos que habían hecho durante los años anteriores.

–Por lo que veo, eres muy eficaz –comentó.

Él se puso detrás, casi envolviéndola con sus brazos y miró la lista con detenimiento. Marnie estuvo a punto de decirle que dejara de mirar, porque su trabajo era confidencial; pero pensó que no tenía importancia. Nikos Kyriazis no era un hombre indiscreto y, por otra parte, la mayoría de los donantes filtraban información a la opinión pública sin más intención que la de mejorar su imagen.

–Gracias. Supongo que soy buena en lo que hago porque me gusta.

–No lo dudo –dijo él–. Pero me extraña que no me hayas pedido a mí alguna donación.

Ella sonrió.

–¿No crees que ya has donado bastante a mi causa?

–Esto es diferente.

Marnie sacudió la cabeza.

–No, no lo es.

Ella se pasó un dedo por el dobladillo de la falda, desviando la atención de Nikos hacia sus largas y morenas piernas.

–Háblame de tu trabajo durante la cena. Háblame de tus obras de caridad como si fuera un donante en potencia y quisieras convencerme.

–Pero no lo eres. Y no quiero pedirte dinero.

–Oh, vamos, es obvio que ese trabajo te importa mucho –insistió él–. No me vas a rechazar por motivos exclusivamente personales, ¿verdad?

Marnie se encogió de hombros.

–Está bien. Si quieres hacer una donación, estás en tu derecho.

–Pero tendrás que convencerme antes.

Marnie se mordió el labio inferior y lo miró a la cara, confundida con él. Había llegado a la conclusión de que ya sabía todo lo que había que saber de su esposo; pero, de repente, complicaba el rompecabezas con una faceta nueva: la habilidad de superar los contratiempos y hacerle olvidar los conflictos que los separaban.

–De acuerdo –dijo al fin–. Hablaremos durante la cena.

Nikos había echado a tanta gente de su despacho que

reconoció inmediatamente la estratagema de Marnie: su «hablaremos» era una forma de pedirle que se marchara. Sin embargo, lo dejó estar. Se había salido con la suya en lo tocante a la cena, y no se quiso arriesgar a perder lo ganado.

Capítulo 9

MARNIE estaba acostumbrada a que en Inglaterra la reconociera todo el mundo, así que había renunciado a la posibilidad de pisar un restaurante famoso sin que la asaltara algún periodista o se le acercara la gente.

Pero no estaban en la capital británica, sino en la capital griega. Y allí, el que llamaba la atención era Nikos.

Marnie disfrutó mucho de su anonimato. Nunca había buscado la fama, y se divirtió con el dueño y las camareras del local, que hacían lo posible y lo imposible por agradar a Nikos. Le pareció tan gracioso que, en determinado momento, se le escapó una sonrisa; y, al darse cuenta, su esposo se inclinó hacia delante y preguntó:

–¿Qué pasa?

Ella cruzó las piernas por debajo de la mesa.

–Nada. Solo estaba pensando que me encanta ser una desconocida.

Él sacudió la cabeza.

–No eres una desconocida. Ni siquiera aquí.

–Pero soy menos famosa que en Inglaterra, y menos relevante –observó–. En cambio, tú eres...

–¿Sí?

Justo entonces, una camarera apareció con una botella de champán e interrumpió su conversación.

–Con los mejores deseos del propietario –dijo la joven, que enseñó un apetecible escote cuando se inclinó para servir a Nikos.

–Gracias –dijo él.

La camarera sonrió y se fue.

–¿Qué ibas a decir, Marnie?

–Que en Grecia, el protagonista eres tú. Yo soy una ciudadana normal y corriente, y tú eres la estrella fulgurante –dijo con humor.

Nikos soltó una carcajada larga y cálida.

–¿La estrella fulgurante? Bueno, me alegra que pienses eso.

Marnie se ruborizó un poco y preguntó:

–¿Qué se puede comer aquí? ¿Qué me recomiendas?

Él se encogió de hombros.

–Todo lo que tienen está muy bueno.

Ella echó un vistazo al menú, aunque no tenía hambre. La cercanía física y la actitud relajada de su esposo habían apagado ese tipo de apetito y habían despertado otro que no estaba precisamente relacionado con la comida

–Recomiéndame algo –insistió.

Nikos entrecerró los ojos.

–Si quieres, puedo pedir por ti.

–No, no es necesario –replicó ella, que no quería concederle tanto poder.

–Como prefieras.

Marnie intentó concentrarse en la lectura de la carta, pero el deseo la impedía hacerlo.

–¿Desde cuándo trabajas? –preguntó él de repente, sorprendiéndola.

–Desde hace cuatro años.

–¿No fuiste a la universidad?

–No, no tuve ocasión.

–¿Por qué?

Marnie se mordió el labio inferior como tantas veces, y él extendió un brazo y la acarició, interrumpiendo el gesto.

–No pienses tanto, Marnie.

–No sabía que pensar fuera un crimen.

–Lo es cuando te pones a sopesar las palabras que vas a dirigir a tu propio marido –declaró–. Contesta a mis preguntas directamente.

Marnie pensó que tenía razón. Efectivamente, estaba sopesando sus palabras, porque no quería decir nada que pareciera una recriminación o sonara a resentimiento.

–Está bien. Supongo que es lo justo –dijo–. No fui a la universidad porque no estaba preparada para marcharme de casa.

Él frunció el ceño.

–¿Insinúas que tus padres te lo prohibieron?

La camarera reapareció entonces y dedicó una sonrisa encantadora a Nikos. Marnie pensó que intentaba ligar con él, y luego pensó que eran imaginaciones suyas. Cabía la posibilidad de que los celos la estuvieran volviendo paranoica.

Fuera como fuera, Nikos no agradeció la interrupción, lo cual agradó enormemente a su mujer. Pidió la comida con brusquedad, después de que ella se decidiera por unos langostinos rebozados y un plato de pollo. Luego, dijo algo en griego a la camarera y repitió la pregunta que acababa de formular.

–¿Tus padres te lo prohibieron?

Marnie sacudió la cabeza.

–No, en absoluto.

–¿Qué pasó entonces? Recuerdo que querías ser abogada. Te gustaba mucho.

–No tanto.

Nikos hizo caso omiso del comentario de Marnie. La conocía muy bien, y sabía que no había malinterpretado su deseo de ir a la Facultad de Derecho.

–Te gustaba mucho, pero te quedaste en casa con tus padres y te pusiste a trabajar para una organización que, casualmente, combate la enfermedad que acabó con la vida de tu hermana –replicó.

–¿Y eso es malo?

Nikos le puso una mano en el brazo.

–Sí, lo es –contestó–. Y lo es porque tú eres mucho más que la hermana de Libby y la hija de Arthur y Anne. Tienes tu propia vida, y tienes que vivirla.

Ella apretó los labios y se apartó.

–Tú eres el menos indicado para recordármelo. Me extorsionaste para que me casara contigo, Nikos.

Marnie probó el champán, pero no le gustó. Ya no estaba de humor para celebrar nada, y clavó la vista en el hipnótico y frenético movimiento de las burbujas.

–Podría dedicarme a otra cosa si quisiera –continuó, aún mirando la copa–, pero la investigación de la leucemia exige financiación constante. Además, las personas que han sufrido las consecuencias de esa enfermedad nos comprometemos más que el resto, y tendemos a ser mejores en la búsqueda de financiación... Quién sabe. Puede que, dentro de diez años, las

chicas como Libby tengan más oportunidades de sobrevivir.

Marnie alzó la cabeza, lo miró a los ojos y añadió:

–Quizá pienses que sueño despierta.

–En absoluto. Tienes toda la razón. El camino de la
ciencia está lleno de dificultades. A veces se descubre
algo de la noche a la mañana y, a veces, implica muchos años de investigación. Pero sin dinero no se
puede hacer nada.

Ella asintió.

–Al principio, solo tenía intención de quedarme un
año. Pero resultó que tengo talento para ello, y seguí
adelante.

–¿Te arrepientes de no haber estudiado Derecho?

Marnie estuvo a punto de mentir, pero se lo pensó
mejor.

–Sí, de vez en cuando. Aunque, por otra parte, quería ser abogada para ayudar a la gente, y mi labor
cumple ese propósito.

Nikos supo que estaba siendo sincera. No en vano,
había aceptado su oferta de matrimonio por la misma
razón, por ayudar a una persona; concretamente, a
Arthur.

–Pero eso no explica lo de casa. ¿Por qué te quedaste con tus padres?

–Bueno, ya sabes... –dijo con una sonrisa enigmática–. Kenington Hall es enorme. Tengo un ala entera
para mí, y es como si viviera sola.

–Una soledad curiosa, porque tienes a tus padres
como vecinos –le recordó.

–Sí, eso es verdad, aunque no soy una vecina muy
sociable. Si lo fuera, me habría enterado de los problemas económicos de mi padre.

–No necesariamente. Supongo que está acostumbrado a ocultar la verdad a los demás.

Ella sacudió la cabeza.

–No, no es tan buen manipulador como crees.

La camarera apareció con los primeros platos y, tras servirlos, se fue sin decir una sola palabra. Marnie no había entendido las palabras en griego que Nikos le había dedicado, pero era obvio que la había puesto en su sitio.

–Tendría que haberlo sabido –continuó momentos después–. Mi padre se comportaba de forma extraña.

–¿En qué sentido?

–Estaba estresado y enfadado. Ya no era el de siempre.

Nikos no sintió lástima de Arthur, pero le disgustó que Marnie hubiera sufrido al verlo así.

–¿Puedo hacerte una pregunta?

–Por supuesto –contestó ella.

–¿Te enfadaste con él cuando me ofreció dinero para que me alejara de ti?

Los ojos de Marnie brillaron brevemente.

–¿Cómo me iba a enfadar, si no lo sabía?

–Sí, eso es cierto. Pero, ¿te enfadaste después con Arthur o tu madre?

–Bueno, yo...

–No pienses tanto. Dilo –le ordenó.

–Estaba furiosa, Nikos. Pero son mis padres, y habían sufrido mucho. La muerte de Libby los había hundido por completo. Mi padre me amenazó con...

Marnie dejó la frase sin terminar.

–¿Con qué? –le presionó él.

Ella suspiró.

–Digamos que me obligaron a elegir.

–¿Qué significa eso?

Acorralada, Marnie decidió ser completamente sincera.

–Me dijeron que me desheredarían si no rompía contigo, pero eso no me importó demasiado. Solo era dinero.

–Entonces, ¿cómo consiguieron convencerte?

–Me amenazaron con expulsarme de sus vidas. Me dijeron que, si seguía contigo, no podría volver a verlos ni regresar a Kenington Hall. Y esa casa era el nexo con mi hermana –dijo con tristeza–. Lo único que me quedaba de ella.

Marnie se despertó al sentir una turbulencia. Se habían subido al avión por la mañana, así que no tenía motivos para estar cansada, pero eso no impidió que se quedara dormida sin darse cuenta.

Tras ahogar un bostezo, parpadeó varias veces y se giró hacia Nikos, que estaba trabajando. Al verlo, sus labios se arquearon en una sonrisa que duró muy poco, porque el avión volvió a temblar y ella se asustó de tal manera que clavó las uñas en el reposabrazos.

Nikos, siempre atento a todos sus movimientos, alzó la cabeza.

–No te preocupes –dijo–. Estamos llegando a Londres y, por lo visto, el cielo está bastante encapotado.

Ella asintió, pero tenía miedo a volar desde pequeña, y sus palabras no la tranquilizaron.

Para distraerse, se giró hacia la ventanilla y se puso a pensar en el cumpleaños de su padre, que se celebraba ese fin de semana. Su relación con Nikos había mejorado bastante después de la cena en el restaurante de Atenas, y tenía miedo de que la visita a Kenington Hall dinamitara el frágil puente que habían tendido.

Al fin y al cabo, no eran una pareja normal.

No estaban enamorados. O por lo menos, él no lo estaba de ella. Y a decir verdad, ella tampoco estaba muy segura de sus propios sentimientos.

Había dedicado mucho tiempo y energías a esa cuestión, intentando averiguar qué era deseo, qué era amor, qué parte de lo que sentía era un eco del pasado y qué parte era un hecho del presente.

Algunos días, se convencía a sí misma de que solo estaba enamorada de una imagen ficticia de Nikos, que no tenía nada que ver con el empresario implacable en el que se había convertido. Pero entonces, su esposo tenía algún detalle cariñoso, como llevarle el desayuno a la cama o interesarse por sus problemas y se convencía de que lo amaba con locura, a pesar de todo lo sucedido.

Además, discutían muy pocas veces porque procuraban respetar las limitaciones de cada uno. Marnie seguía siendo consciente de que se había casado con ella para vengarse de su padre, pero asumía esa veta oscura y la empujaba hasta el fondo de sus pensamientos, donde no pudiera hacerle daño. Era lo mejor para los dos y, por otra parte, no había renunciado a la esperanza de que Nikos superara su rencor.

En cuanto a los aspectos más apasionados de su relación, su vida sexual era tan maravillosa que se estremecía cada vez que lo pensaba. De hecho, había llegado a la conclusión de que Nikos tenía razón: si el sexo era lo único que los unía, los unía hasta el punto de justificar su matrimonio.

Lamentablemente, Marnie tampoco estaba segura

de que su tregua fuera definitiva. ¿Habían dejado atrás
la tormenta? ¿O solo estaban en el ojo de un huracán,
confiados en una calma traicionera?

El tiempo lo diría.

Y tenía todo el tiempo del mundo.

Capítulo 10

MARNIE alcanzó una manzana y se la llevó a la boca. Hacía fresco, pero el sol la había calentado en el árbol, y su temperatura le hizo acordarse de las que tomaba en su infancia.

Estaba cansada, aunque aún faltaba un rato para el mediodía. Habían estado viajando desde el alba y, por si eso fuera poco, la cercanía física de Nikos la mantenía en un estado de turbulencia emocional constante.

—Cuando era niña, me encantaba venir al manzanar de Kenington Hall.

Marnie pegó un bocado, y Nikos la miró con fascinación.

—Sí, lo recuerdo.

Súbitamente, ella dejó de caminar, se detuvo de espaldas a los manzanos y contempló la hermosa mansión.

—Siempre pensé que esta era la mejor vista de la casa. Hasta que un día fui a la rosaleda de Libby y la miré desde allí –dijo–. Entonces cambié de opinión.

Marnie mordió otra vez la manzana.

—Puede que tenga el mismo aspecto desde todos los ángulos –comentó Nikos con un escepticismo que hasta a él le pareció forzado.

Ella se encogió de hombros.

–Sí, puede ser.

Marnie siguió andando, y él tuvo que resistirse a la tentación de pedirle que se quedaran un poco más en los jardines.

–Gracias por haber venido conmigo –continuó ella.

Nikos sonrió.

–No sabía que tuviera elección.

–Tú siempre tienes elección.

–No. En este caso, no lo tenía.

Marnie supo que se refería al problema de Arthur, así que preguntó:

–¿Cuándo hablarás con él?

–Después de comer.

Ella se detuvo de nuevo y entrelazó sus dedos con los de su esposo, con tanta familiaridad como si le pertenecieran. Pero un momento después, se estremeció.

–¿Qué ocurre? –preguntó Nikos.

Marnie respiró hondo.

–Que mi padre es un hombre muy obstinado.

–Sí, soy consciente de ello.

–Sinceramente, no sé si permitirá que lo ayudes. Y eso me da miedo.

Nikos la miró a los ojos con una intensidad extraña.

–¿Por qué te importa tanto, Marnie?

Ella arqueó una ceja, confundida.

–¿Cómo no me va a importar? Se trata de mi padre.

–Sí, pero la familia no lo es todo. Tus padres no pensaron en tu felicidad cuando hicieron lo que hicieron hace años. No parece que eso les preocupara en exceso. Y por otra parte, no te sientes particularmente cerca de ellos.

–Te equivocas –dijo, sacudiendo la cabeza.

Él rio.

–¿Ah, sí? Entonces, ¿cómo es posible que nunca hables de ellos? Y me refiero a hablar literalmente de ellos, porque es cierto que los mencionas con frecuencia, pero solo en relación con tu sentimiento de culpa por haber sobrevivido a tu hermana.

Marnie se quedó sorprendida con él. Definitivamente, Nikos era mucho más perceptivo de lo que había imaginado.

–Sabes que estoy diciendo la verdad –prosiguió Nikos–. De hecho, estás con un hombre que se ha casado contigo para vengarse de su padre, aunque eso implique salvarlo de una ruina que sin duda merece.

–Y yo te lo agradezco.

Nikos la miró con perplejidad.

–¿Que me lo agradeces? No me lo puedo creer. ¿Te recuerdo que te he usado como instrumento de mi venganza y tú me das las gracias?

Ella frunció el ceño.

–Sabes lo que quería decir.

–No, no lo sé. Tus padres te han extorsionado desde joven, yo te he extorsionado para que te casaras conmigo y, a pesar de ello, te muestras agradecida y te comportas como si nos debieras algo. No lo entiendo.

Marnie tragó saliva.

–¿Es necesario que lo entiendas?

Él alzó una mano y le acarició la mejilla.

–No, supongo que no –contestó–. Y supongo que tampoco es necesario que me entiendas a mí.

Marnie le puso una mano en el pecho, quizá con intención de apartarlo, pero los latidos de su corazón la cautivaron.

–¿Crees de verdad que nuestro matrimonio se limita a la venganza y el sexo?

–¿Nuestro matrimonio? Bueno... –empezó a decir él, pronunciándolo lentamente.

Nikos clavó la vista en sus ojos, que le parecieron tan bellos como profundos. ¿Cómo era posible que la gente la considerara fría? Siempre estaban llenos de emociones. Y, sin embargo, él mismo había cometido el error de creerla incapaz de sentir; un error al que se había aferrado porque le convenía.

–¿Sí? –preguntó ella.

Por su tono de voz, él se dio cuenta de que lo estaba instando a decir algo que pusiera fin a su distancia, que eliminara el dolor de su relación. Pero no estaba preparado. El rencor lo había acompañado durante tanto tiempo que no sabía si podría vivir de otra manera. Ni siquiera sabía si quería vivir de otra manera.

–Marnie, yo...

–Olvídalo –dijo, mirando otra vez la casa–. Me alegra que vayas a ayudar a mi padre. Solo te pido que seas amable con él.

Marnie se dio cuenta de que su madre los había visto y se dirigía hacia ellos, así que añadió a toda prisa:

–Sé que dijiste que serías tú quien decidiera si le contabas o no la verdad sobre nuestro matrimonio. Pero, ¿podrías guardarlo en secreto, aunque solo sea este fin de semana? Comprendo que le odies, y que la idea de echárselo en cara te resulte tentadora. Pero no se lo digas. Por favor.

Nikos se quedó perplejo y algo más; algo que no entendía ni era capaz de analizar. Y en consecuencia, fue sincero.

–Descuida. No tenía intención de decirle a tu padre que te has casado conmigo para que cubra sus deudas.

–No mientas, Nikos. Te lo ruego –declaró, visiblemente emocionada.

–Es la verdad.

Nikos se quedó en un mar de dudas. ¿Quería que Marnie le creyera, o prefería lo contrario? ¿Quería redefinir los términos de su relación? Y en el caso de que quisiera, ¿podía esperar que Marnie lo aceptara?

Fuera como fuera, no tuvo ocasión de examinar sus sentimientos, porque Anne Kenington llegó a su altura momentos después. Y Marnie, toda una profesional en el arte de disimular sus emociones, se comportó como si no pasara nada.

Su conversación dejó a Nikos de un humor extraño. Tenía la sensación de que cada vez que empezaba a entender una de las facetas del carácter de su esposa, ella cambiaba, se convertía en otra cosa y se alejaba de él.

Pero eso no era tan inquietante como el debilitamiento progresivo de sus propias convicciones, de las que le habían llevado a extorsionarla. Ya no tenía una imagen tan negativa de Marnie. Por si perder a una hermana fuera poco, sus padres la habían amenazado con expulsarla de sus vidas e impedirle volver a su hogar.

¿Cómo se habían atrevido a decirle eso? ¿Cómo era posible que unos padres trataran con tanta desconsideración a una hija?

Definitivamente, su humor no era el más apropiado
para hablar con Arthur Kenington; y menos aún, teniendo en cuenta que iban a hablar en su despacho,
una sala que Nikos llevaba seis años sin pisar.

Las paredes estaban llenas de libros, pero era evidente que nadie los había abierto. Nikos supuso que
estaban allí por capricho de algún diseñador de inte-
riores, quien habría pensado que los libros darían carácter al despacho y más dignidad a su dueño, un
hombre que, por lo demás, carecía de ella. Pero Nikos
no fijó la vista en las estanterías, sino en una foto de
familia en la que aparecían Libby, Marnie y sus padres.

—Es la última fotografía que nos hicieron antes del
fallecimiento de Libby —le explicó Arthur—. Nos las
hacíamos todos los años; pero, desde entonces, no
hemos hecho ninguna. Ya no tiene sentido.

Nikos no dijo nada. Se limitó a mirar a las dos
hermanas, entre las que parecía haber un aire de verdadera camaradería. Quizá, como resultado de haber
crecido con unos padres tan fríos y exigentes.

—Era un verdadero ángel —continuó Arthur, malin-
terpretando su interés—. No había nadie como ella.

Nikos sintió el deseo de salir en defensa de Marnie. No podía negar que Libby había sido una chica
tan encantadora como bella en el sentido más tradi-
cional del término, pero él prefería a su mujer.

—Bueno, será mejor que hablemos de negocios
—declaró, harto de soportar la nostalgia de Arthur—. La
información que me ha llegado es preocupante.

—¿Y qué información es esa?

Nikos, que estaba sentado enfrente de él, se inclinó
hacia delante.

–No es ningún secreto, Arthur. Ahora estás fuera de peligro, pero solo es temporal.

–No corro ningún peligro.

–Solo un tonto pensaría eso –dijo Nikos, tajante–. ¿Es que quieres perderlo todo?

–Por supuesto que no, pero las cosas no llegarán a ese extremo. Recuerda lo que te digo. La racha cambiará y...

–No, no cambiaría –lo interrumpió, demostrando que ya no era el joven impresionable al que Arthur había amenazado–. Tu situación es insostenible. No te quedan valores que respalden tus inversiones, y las fluctuaciones del mercado no dejan de empeorar. Solo me tienes a mí. Soy tu única opción.

Arthur guardó silencio unos segundos y dijo:

–Lo estás disfrutando, ¿verdad?

Nikos sonrió con desprecio.

–Lo que yo sienta es irrelevante –replicó.

A decir verdad, no lo estaba disfrutando. Llevaba años imaginando el momento de enfrentarse a Arthur Kenington y ponerlo en su sitio. Había fantaseado con ello muchas veces, y había hecho lo posible por conseguirlo, aunque implicara sacrificar su propia conciencia.

Y ahora no sentía nada.

Nada, salvo cierta lástima por un hombre cuya vanidad y arrogancia lo habían arrojado al mar de los tiburones financieros.

–No puedes perder tu negocio –continuó, en un tono más conciliador–. Y desde luego, no puedes perder esta casa. Marnie no lo soportaría.

–¿Marnie? –dijo con sorpresa–. Lo soportaría perfectamente. Este lugar nunca ha significado para ella lo que significaba para Libby.

Nikos apretó los puños, aunque sin perder en modo alguno el aplomo. Le parecía increíble que Arthur conociera tan poco a su propia hija. Evidentemente, malinterpretaba la discreción y hasta la timidez de Marnie. Parecía creer que su dificultad para expresar lo que sentía implicaba que no sentía nada.

–Te estoy ayudando por el bien de Marnie, así que será mejor que no desprecies sus sentimientos –le advirtió.

Arthur se pasó una mano por el pelo.

–Tiene que haber una forma de...

–Sí, hay una forma. Y esa forma soy yo –sentenció–. Sabes que tengo el dinero necesario. Una simple llamada telefónica, y acabaré con todas tus preocupaciones.

–¿Que tú tienes el dinero necesario? –dijo Arthur con rabia–. ¿Tú? ¿El joven que me quité de encima porque me parecía...?

Arthur dejó la frase sin terminar, pero Nikos le presionó.

–¿Qué te parecía?

–Un inútil –contestó con satisfacción.

Nikos se levantó y caminó hasta el balcón, desde donde miró un momento la rosaleda de Libby. Podía imaginar a Marnie entre las flores, y esa imagen redobló sus fuerzas. Además, los documentos que llevaba en el bolsillo pedían a gritos que les prestara atención.

–Pues, evidentemente, te equivocaste conmigo –dijo, girándose hacia Arthur–. ¿Quieres mi ayuda? ¿O no la quieres?

La sala quedó en silencio durante unos instantes. Nikos observó a su enemigo y pensó que nadie habría podido negar la naturaleza conflictiva de su relación. A fin de cuentas, estaban solos y no tenían que fingirse civilizados.

–Te la ofrezco con una condición.

Arthur bufó.

–Sabía que era demasiado bueno para ser verdad.

Nikos asintió.

–Sí, es posible. Pero es la única oportunidad que tienes de salvar parte de tu orgullo, así que te sugiero que me escuches.

–Vaya, se acabó la conversación de caballeros –dijo Arthur, fracasando en el intento de mostrarse desafiante.

–Si se hubiera acabado, ya habrías sentido las consecuencias –le contradijo Nikos–. Los términos de nuestro acuerdo deben quedar entre nosotros. Marnie no debe saberlo nunca. ¿Lo has entendido bien?

Varias horas después, cuando ya estaban entre los elegantes invitados de la fiesta, Arthur Kenington hizo lo posible por mantenerse alejado de Nikos. Y no era extraño, teniendo en cuenta que las concesiones que había hecho aquella tarde habrían destrozado su confianza en sí mismo.

Evidentemente, Arthur odiaba la idea de tener que celebrar su cumpleaños en presencia de su yerno; pero Nikos no sacó ninguna satisfacción de ello, como tampoco la había sacado de su reunión vespertina, a pesar de haber conseguido todos sus objetivos.

Era una situación bastante extraña. Había soñado con hundir a ese hombre y, sin embargo, le estaba salvando la vida.

De todas formas, lo consideraba un asunto cerrado; un asunto al que no iba a dar más vueltas, salvo por un pequeño detalle colateral que implicaba sutileza y sensibilidad. ¿Se enfadaría Marnie cuando descubriera la verdadera naturaleza de su ayuda? ¿Sentiría rencor por lo que había hecho?

Nikos miró a su esposa, que estaba hablando con los invitados con su naturalidad y su elegancia de costumbre. Y al verla, la deseó con tanta fuerza que apretó el vaso de whisky que llevaba en la mano.

Siempre la había deseado, desde su primera visita a Kenington Hall.

Aquella vez había ido a regañadientes, porque Anderson y Libby estaban tan enamorados que siempre hacían que se sintiera excluido. Pero Anderson lo había tratado muy bien; era el único compañero de universidad que no lo despreciaba por ser pobre, y Nikos pagó su amistad con una lealtad inquebrantable. Por eso fue incapaz de negarse cuando le pidió que lo acompañara a la mansión de una de las familias más aristocráticas de Inglaterra.

Y allí, conoció a Marnie.

Entonces tenía diecisiete años, y era absolutamente impresionante.

–¡No te acerques a los caballos! ¡Hoy están de mal humor! –le dijo entre carcajadas cuando pasó por primera vez a su lado, a lomos de su montura.

Estaba tan guapa y tan llena de vida que, probablemente, se enamoró de ella en aquel mismo momento.

Y si no se enamoró, se quedó fascinado.

–Hola.

La voz de Marnie le llegó como si estuviera a mil kilómetros de distancia. Nikos alzó la cabeza y la miró a los ojos, pero su mente seguía en el pasado, de modo que sonrió como si aún fueran los dos jóvenes que habían sido y no se hubieran separado todavía.

Marnie notó la pureza de su mirada y se estremeció. Pero estaba demasiado preocupada para prestar atención a ese detalle.

—¿Has hablado con él?

Él asintió, sin dejar de sonreír.

—¿Y bien? —insistió ella.

Nikos alzó una mano y le acarició el cabello. Olía muy bien. Olía a manzanas y a deseo.

—¿Y bien qué? —replicó, confundido.

La orquesta estaba tocando una lenta pieza de jazz, con un cantante al micrófono. Estaban en el enorme comedor de Kenington Hall, que habían transformado en sala de baile para celebrar la fiesta.

—¿Has hablado con él?

—Sí, claro.

—¿Y has arreglado las cosas?

—Bueno, no le puedo transferir cien millones de libras esterlinas como si fueran diez —ironizó Nikos—. Estas cosas llevan su tiempo. Pero sí, *agapi mu*. Todo está arreglado. Tu padre ha aceptado mi ayuda.

Ella soltó un suspiro de alivio.

—¿Creías que la iba a rechazar? —continuó.

Marnie se encogió de hombros.

—No lo sé. Como te dije, es un hombre obstinado.

—No te preocupes más por eso.

—Está bien, no me preocuparé. Pero, ¿puedo darte las gracias?

Nikos le puso las manos en el talle.

—No.

—¿Por qué no?

—Porque lo he hecho por interés. No tienes motivos para estarme agradecida.

Ella apoyó la mejilla en su pecho y escuchó los latidos de su corazón.

—¿Y él? ¿Se ha mostrado agradecido?

Nikos soltó una carcajada.

—Estaba rojo de ira.

—Sí, claro, supongo que no habrá sido fácil para él...

—No, no lo ha sido.

Marnie alzó la cabeza y dijo:

—Bueno, eso carece de importancia. Lo has ayudado, y te recompensaré por ello aunque no te guste.

—Si te empeñas, se me ocurre una forma excelente de expresar tu gratitud.

—¿Cuál? —preguntó ella, dominada por un sentimiento de anticipación.

—Esta noche, no quiero que hablemos de tu familia ni de nuestro pasado. Llevamos un mes entero hablando de esas cosas, y empiezo a pensar que no nos entenderemos nunca —respondió—. Quiero que esta noche sea distinta. Quiero bailar con mi esposa, sentir su cuerpo y besarla. Quiero estar simplemente con ella, sin pensar en los motivos que nos llevaron a casarnos. ¿Te parece bien?

La esperanza renació en el corazón de Marnie. Nikos estaba hablando de empezar de nuevo y, cuando volvió a mirarlo a los ojos, supo que la esperanza no era lo único que había renacido en ella.

También había renacido el amor.

Su amor por él.

A pesar de todo lo que había hecho, lo amaba con toda su alma. Y no era un amor surgido del agradecimiento o las circunstancias, sino el mismo amor que había sentido en el pasado, aunque mucho más fuerte. No en vano, había sobrevivido al sentimiento de pérdida, a la decepción y a todos los reveses de la vida.

Marnie se puso de puntillas y le dio un beso en los labios.

—Trato hecho.

La orquesta empezó a tocar otra pieza, tan lenta y romántica como la anterior. Marnie y Nikos se metieron entre los invitados y empezaron a bailar. Estaban rodeados de gente, pero no eran conscientes de ello. Y sus cuerpos se sincronizaron de tal manera que, cuando él la tomó de la mano y la llevó hacia uno de los grandes balcones, Marnie se dejó llevar sin hacer ninguna pregunta.

—¿Sabes lo que he estado pensando hoy? —dijo él al salir al exterior.

—Supongo que no te refieres al golpe que van a sufrir tus finanzas —bromeó ella.

Él sonrió y la llevó a un pequeño patio que había visto aquel día. Ya era noche cerrada, pero la luna iluminaba sus pasos.

—No, claro que no.

—Entonces, ¿de qué se trata?

—Me he estado acordando de la primera vez que te vi.

A Marnie se le encogió el corazón.

—¿De la primera noche? —acertó a decir, emocionada.

Nikos se acercó a la balaustrada y se apoyó en ella con una expresión que Marnie fue incapaz de interpretar.

—Este lugar me trae muchos recuerdos —le confesó.

–Pensaba que no íbamos a hablar de nuestro pasado –declaró Marnie con una sonrisa insegura.

–Sí, tienes razón.

Marnie se acercó a él como atraída por un imán.

–Prefiero que hablemos del presente –continuó, más segura–. ¿Sigues pensando que nuestro matrimonio se basa solo en el sexo?

–Y en la venganza –le recordó él, sin perder el humor.

–Sí, por supuesto. Pero quiero que sepas que, si es verdad que el sexo es lo único, me basta y me sobra con él.

Nikos volvió a reír.

–Vaya... Me alegro de saberlo, señora Kyriazis.

Él acarició la piel desnuda de sus brazos, y ella se estremeció inconscientemente, otra vez excitada. Luego, la tomó otra vez de la mano y se puso a andar.

¿Adónde la llevaba? ¿O era ella quien lo llevaba a él?

Marnie no lo tuvo claro.

Momentos más tarde, entraron en la habitación donde Marnie dormía cuando era niña. De fondo, se oían las risas, las conversaciones y la música de la fiesta; pero era un sonido ahogado y, en todo caso, distante. Estaban solos, en su propio mundo.

Marnie cerró la puerta y echó el cerrojo. Nikos se desató la pajarita, que quedó colgando sobre su camisa con todo el contraste del negro sobre el blanco. Y ella se intentó bajar la cremallera del vestido, pero su esposo sacudió la cabeza y dijo:

–Déjame a mí.

Nikos la miraba de una forma extraña, con la misma expresión del patio.

–Déjame a mí –repitió.

Su insistencia la desconcertó por completo. ¿Por qué insistía, si ella no se estaba resistiendo? ¿Le estaba pidiendo algo más? Al fin y al cabo, el ambiente se había cargado de palabras sin pronunciar, de cosas que no se habían dicho y, sin embargo, se decían. ¿O era producto de su imaginación?

Marnie tragó saliva cuando él le bajó la cremallera y ella sintió el fresco aire en su espalda. La piel se le puso de gallina; sobre todo, porque Nikos le quitó la prenda con una veneración que jamás habría creído posible. Y al verse casi desnuda, sin más indumentaria que sus braguitas y los zapatos de tacón alto, se puso a temblar como si estuviera a punto de hacer el amor por primera vez.

Aquello era ridículo. Tan ridículo, que forzó una carcajada.

–¿De qué te ríes? –preguntó él, cerrando las manos sobre sus nalgas.

Marnie sacudió la cabeza y Nikos asaltó su boca.

Fue un beso lento, profundo, un beso que él no interrumpió ni para desnudarse, cosa que hizo inmediatamente después. Pero, cuando ya se había quitado los zapatos, la llevó a hacia la cama con movimientos pequeños y urgentes, como si no quisiera perder el tiempo.

Eran besos distintos, que no tenían nada que ver con los de otras noches. Ahora estaban llenos de esperanza, lo cual hacía que Marnie estuviera más dispuesta que nunca a entregarse a su esposo.

El pasado había desaparecido.

Nikos iba a hacer el amor con su mujer, no con figmentos de la memoria. Iba a hacer el amor con ella, con una mujer de carne y hueso. Y ella lo deseaba más que nunca.

Las manos de Nikos acariciaron el cuerpo de Marnie, abriendo camino a su boca. Sus dedos le acariciaron los pezones, haciendo que se arqueara con desesperación. Él no entendía lo que le estaba pasando. Tenía muchas cosas que decir, y las habría dicho si hubiera encontrado las palabras adecuadas. Pero no las encontró, así que la besó de nuevo con toda su confusión y sus contradicciones.

—Nikos...

Al oír su voz, él se preguntó si era posible que Marnie lo entendiera. ¿Le estaba diciendo a su modo que ella también estaba dispuesta a olvidar el pasado? ¿Que había llegado el momento de que sus viejos fantasmas descansaran?

—Nikos, por favor....

Nikos le quitó las braguitas y la penetró dulcemente, pero ella se apretó con fuerza contra él, pidiendo más.

Encantado, la llevó hasta las puertas del orgasmo, disfrutando de la belleza de Marnie en la cama de su infancia. Solo entonces, se dejó llevar y alcanzó un clímax tan delicioso como lleno de preguntas y respuestas, apagando sus gemidos y gritos de placer con besos que también gemían y gritaban.

Cuando ya se habían relajado, se tumbó de espaldas y la apretó contra su cuerpo, instándola a apoyar la cabeza en su pecho. Y estuvo así, sin hacer otra cosa que abrazarla y acariciarla hasta que se dio cuenta de que Marnie se había quedado dormida.

Nikos se incorporó lo justo para mirarla.

Y se sintió culpable.

Era Marnie, la Marnie de la que había estado enamorado, la Marnie con la que se había casado. ¿Cómo podía pensar que el pasado no importaba? El pasado formaba parte de ellos. La traición de Marnie lo había convertido en lo que era. Pero lo habían superado.

Aquella mujer era su Marnie.

Su amante, su esposa.

Súbitamente, Nikos se sintió como si acabara de despertar de una pesadilla. Y, como tantas pesadillas, dejó la sombra de la recriminación.

La había obligado a casarse con él. Le había quitado su libertad, aplicando la presión necesaria para asegurarse de que no tendría más remedio que obedecer. Y ella había estado a la altura del desafío. Había hecho lo que le había pedido.

Pero, ¿por qué? ¿Por su padre? ¿O porque quería llegar hasta el final y descubrir si había algo más que rencor y venganza?

Nikos sacudió la cabeza. ¿Qué diablos había hecho?

Nikos estuvo así un buen rato, dando vueltas a su relación. Pero, a eso de la medianoche, renunció a la esperanza de quedarse dormido y se levantó de la cama, con cuidado de no despertar a Marnie. Luego, se puso los calzoncillos y la camisa y salió silenciosamente de la habitación.

La casa estaba a oscuras, con excepción de algunos apliques del pasillo. Bajó a la cocina para servirse un café y, mientras se lo estaba preparando, oyó un ruido y se giró hacia la puerta.

Nadie habría sabido decir quién se sorprendió más, si Nikos o Anne Kenington. Pero, en mitad de su sorpresa, Nikos tuvo la calma necesaria para echar un vistazo al reloj, extrañado con la indumentaria de su suegra. La fiesta había terminado hace mucho y, sin embargo, seguía llevando el mismo vestido.

–Te acuestas tarde –dijo él, encendiendo la cafetera eléctrica.

Anne le dedicó una sonrisa tensa.

–Tú también, según veo.

Nikos se encogió de hombros.

–Es que no podía dormir.

Anne soltó un suspiro de evidente desaprobación y cruzó la cocina. Cuando pasó a su lado, Nikos notó que olía a alcohol y que su mirada estaba ligeramente desenfocada.

–¿Os vais mañana? –preguntó ella.

Él asintió. Había optado por una visita corta, y nada de lo que había visto desde su llegada le había hecho cambiar de opinión. Nada salvo la belleza de Marnie en el manzanar. Nada salvo el sol en su pelo y la manzana entre sus labios. Pero aun así, no tenían motivos para quedarse más tiempo.

–Es una lástima –dijo ella.

Anne alcanzó una botella de vino y se sirvió una copa.

–Pensé que os quedaríais unos cuantos días –continuó.

Él entrecerró los ojos.

–¿Te habría gustado que nos quedáramos?

Ella lo miró a los ojos y, durante unos segundos, Nikos pensó que Marnie se parecía mucho a ella, aunque fueran de personalidades distintas. Era una mujer

fuerte, que había afrontado la enfermedad y el fallecimiento de Libby de la mejor manera posible.

–No, supongo que no –respondió con una sonrisa
triste.

–¿Por qué? –preguntó, sirviéndose el café.

–Porque empeoras la tensión de mi esposo.

Nikos soltó una carcajada.

–¿En serio?

–Estaba de muy mal humor esta tarde. Menudo
cumpleaños que le has dado.

–¿Te ha hablado de nuestra conversación?

–Me ha dicho algunas cosas. Supongo que debería
darte las gracias.

Él sacudió la cabeza.

–No es para tanto.

Anne bebió un poco de vino y dijo:

–Me sorprende que hayas querido ayudarlo.

Nikos se encogió de hombros.

–Lo he hecho por Marnie.

–Ah, claro. Marnie te adora, ¿sabes? Siempre ha
estado enamorada de ti.

–Sí, estaba enamorada de mí hace seis años,
cuando la obligasteis a abandonarme –le recordó
Nikos.

Anne hizo caso omiso de su recriminación.

–Estuvo deprimida durante mucho tiempo. Creo
que no nos perdonará nunca.

Era una situación difícil, porque Nikos se sentía dentro y fuera de ella a la vez. No quería pensar en los sentimientos de la Marnie que lo había abandonado. Había estado tan furioso y tan preocupado con sus propias
emociones que ni siquiera se había planteado esa cuestión. Pero ahora sabía que ella había sentido lo mismo.

–Lo superó –dijo él–. Aunque las cosas cambiaron hace poco.

–No, no lo superó.

Los ojos de Anne se oscurecieron por su sentimiento de culpabilidad. Se apartó de la encimera donde se había apoyado y se quedó quieta como una estatua.

–Siguió viviendo y respirando, pero eso no es lo mismo que seguir adelante. Leía todo lo que salía de ti en los periódicos, y pensaba que yo no me daba cuenta... Hacía lo posible por disimular, pero sé que te echaba de menos. Durante una temporada, estuvo tan hundida que fue como si también la hubiera perdido a ella.

Nikos guardó silencio, y Anne siguió hablando tras echar otro trago.

–Le presentamos a algunos jóvenes encantadores...

–Adecuados, querrás decir –la interrumpió.

–Sí, adecuados –admitió ella–, aunque no sirvió de nada. Seguía enamorada de ti. No llegó nunca a superarlo.

Nikos degustó su café, aunque su mente estaba en la conversación que había mantenido con Marnie en su oficina, cuando le sugirió por primera vez que se casaran. Había estado fría y distante; pero, ¿no era ese su mecanismo de defensa? ¿No era su forma de afrontar las situaciones difíciles?

Además, también estaba el asunto de su virginidad. ¿Cómo era posible que no se hubiera acostado con nadie? ¿Había rechazado el amor porque nadie le hacía sentir lo que sentía con él? ¿Lo había rechazado porque aún le deseaba?

–Pensé que estábamos haciendo lo correcto –pro-

siguió Anne–. Tras la muerte de Libby, solo quería-
mos que Anne estuviera bien, a salvo de todo peligro.

–¿Y creísteis que yo era un peligro?

–Por supuesto que sí –contestó ella–. Lo que siente
por ti es una invitación al desastre.

Nikos cerró los ojos durante unos instantes, domi-
nado por una mezcla de ira, frustración e impotencia.

–Supongo que nos odias. Hasta la propia Marnie
nos llegó a odiar. Pero yo la adoro, Nikos. Todo lo que
he hecho ha sido por amor.

–¿Llamas *amor* a intentar controlar su vida? ¿A
amenazarla con desheredarla e impedirle volver a esta
casa?

Anne retrocedió como si la hubiera abofeteado.

–Sí, bueno, es que Arthur...

–Arthur tuvo su parte de culpa. Pero tú no eres inocente.

–No, no lo soy –le confesó–. De hecho, me convencí
a mí misma de que Marnie te habría abandonado en
cualquier caso. Incluso me dije que, si te hubiera amado
de verdad, habría luchado con más ahínco. Pero no podía luchar contra nosotros. La muerte de Libby nos había
dejado completamente hundidos, y ella lo sabía.

–¿Es que no os importaban sus sentimientos? –preguntó, enfadado.

–Bueno, ya sabes cómo es Marnie –dijo, encogiéndose de hombros–. Se comportaba como si todo estuviera bien, aunque se moría por dentro.

Nikos ladeó la cabeza y contempló sus reflejos en
la ventana de la cocina. Anne parecía más pequeña,
como si hubiera encogido y, cuando la volvió a mirar,
se dio cuenta de que no era cosa del reflejo. El tiempo
y los disgustos habían dejado su huella.

–¿Cómo permitisteis que pasara por ese infierno?

–¿Qué puedo decir? Libby era muy fácil de tratar, pero Marnie... siempre ha sido un enigma para mí. Nunca la he entendido del todo.

Nikos se frotó la mandíbula.

–Marnie es la mejor persona que conozco, Anne. Es tan buena que su bondad va contra sus propios intereses –afirmó–. Quiere lo mejor para los que ama, aunque implique sacrificar su felicidad.

–Sí, soy consciente de ello. He sido sincera al decir que la adoro. Pero, a veces, no sé cómo quererla –dijo ella con amargura–. Una afirmación extraña, ¿verdad? A fin de cuentas, estamos hablando de mi hija.

Nikos se maldijo para sus adentros, porque se encontraba en la misma situación. Él también había amado a Marnie, y tampoco había sabido amarla. Desde ese punto de vista, era tan culpable como Anne y Arthur Kenington.

Capítulo 11

MARNIE perdió ligeramente el equilibrio cuando el avión dio otra sacudida entre las nubes que los habían acompañado durante todo el viaje. Nikos, que estaba leyendo un periódico, alzó la cabeza y la miró con curiosidad.

—Estoy algo mareada —explicó ella, sin dejar de caminar.

Segundos después de entrar en el servicio, vomitó todo el contenido de su estómago en el retrete. La boca le sabía a metal, y en su frente se había formado una pequeña capa de sudor. Pero, por muy desagradable que fuera, no se lo pareció tanto como su propia imagen cuando se miró en el espejo: tenía la cara colorada y los ojos, inyectados en sangre.

Tiró de la cadena y se lavó las manos, encantada de sentir la frescura del agua. Los mareos no eran algo desconocido para ella. De niña, se mareaba cada vez que iba de viaje, aunque fuera un trayecto corto. Pero habían pasado muchos años desde la última vez que se había sentido así, y le pareció tan extraño que empezó a sospechar otra cosa.

Llevaban casados más de un mes, y habían hecho el amor casi todos los días, incluida su noche de bodas. En principio, eso no implicaba nada, porque había empezado a tomar la píldora mucho antes. Y aunque aún no le había llegado la regla, cabía la posibilidad de que fuera un retraso provocado por el propio método anticonceptivo, que había variado su ciclo normal. Pero también cabía otra posibilidad: que se hubiera quedado embarazada.

La idea echó semillas en su mente y, cuando volvió al asiento, casi estaba convencida de que, efectivamente, estaba encinta.

Sumida en sus pensamientos, ni siquiera se dio cuenta de que Nikos mantenía un silencio tan extraño como el suyo. Y tampoco reparó en su actitud sombría cuando aterrizaron en el aeropuerto de Atenas y dijo:

—Tengo cosas que hacer. Te llevaré a casa en el Ferrari, pero luego me iré a la oficina.

Marnie se sintió secretamente aliviada, porque eso le daba tiempo para confirmar sus sospechas, lo cual pasaba por hacerse una prueba de embarazo.

—No te preocupes —replicó.

A pesar de ello, se quedó con las ganas de decírselo. Pero, evidentemente, no se lo podía decir sin estar segura.

Si se confirmaba, sería toda una sorpresa.

Pero, ¿qué vendría después de la sorpresa? ¿El paraíso? ¿O el infierno?

Marnie esperó a que Nikos se fuera, y luego esperó un poco más; pero esta vez, a Eleni, a quien pidió que la llevara a la ciudad con la excusa de que tenía que hacer unas compras.

Durante el trayecto y la conversación con el ama de llaves, estuvo dando vueltas a las implicaciones de un posible embarazo. Cuanto más lo pensaba, más se preocupaba. Sus circunstancias no eran las mejores, y un bebé podía ser la gota que colmara el vaso. Pero, de todas formas, se las arregló para comprar la prueba sin que Eleni lo notara y, cuando volvió a la casa, se fue a su habitación.

Minutos después, salió de dudas.

Efectivamente, estaba esperando un hijo.

Un hijo de Nikos.

Marnie sintió una felicidad que ni siquiera desapareció ante el interrogante de la reacción de su esposo. Los ojos se le llenaron de lágrimas; pero, por primera vez en mucho tiempo, eran lágrimas de alegría.

Por fin, se sobrepuso a su estado y se dijo que tenía que hablar con Nikos cuanto antes. Sin embargo, no le pareció una noticia que pudiera darse por teléfono. Esperaría a que volviera, y le dejaría bien claro que, aunque aquello no encajara en sus planes, estaba más que decidida a seguir adelante.

Tras esperar tanto como pudo, su impaciencia la empujó a enviarle un mensaje. No dijo gran cosa; solo le preguntó si iba a llegar pronto a casa. Pero su esposo contestó que aún le faltaba un buen rato.

Marnie intentó no desesperarse. Llegaría en algún momento y, entonces, ella cruzaría los dedos para que Nikos no destrozara sus esperanzas.

Lamentablemente, sus esperanzas saltaron por los aires cuando vio que Nikos no volvía en su coche, como tenía por costumbre, sino en una lujosa limusina. Era tan poco habitual que Marnie se preguntó si tendrían visita.

Nikos bajó del vehículo segundos después, y no parecía el de siempre. Su expresión era sombría, como si hubiera pasado algo. Incluso se apoyó un momento en el techo de la limusina, inseguro.

Preocupada, ella bajó corriendo las escaleras, se dirigió al vestíbulo y abrió la puerta, donde se encontró ante una situación absolutamente inesperada. Su marido olía a alcohol. Había estado bebiendo y, por su aspecto, bebiendo mucho.

–¿Nik? –dijo, perpleja.

–Hola, esposa mía –replicó él, muy serio.

–¿Has estado de copas?

Él sacudió la cabeza.

–No, he estado en mi oficina.

Ella se llevó una mano al estómago sin darse cuenta.

–¿Bebiendo?

Nikos suspiró.

–Eso parece.

Marnie asintió, aunque no salía de su asombro. Aquello no tenía ni pies ni cabeza. Su esposo era un obseso del control, que nunca perdía los papeles.

–¿Bebiendo solo?

–Sí, así es.

–¿Por qué?

Marnie le puso una mano en el brazo para llevarlo hacia la cocina, pero él se apartó y avanzó por su cuenta, perfectamente erguido. Por lo visto, su estado físico no era tan malo como le había parecido al principio.

Cuando llegaron a su destino, ella abrió el frigorífico y sacó lo necesario para prepararle un sándwich. Sus miradas se encontraron momentos después, y la de Nikos fue tan intensa que Marnie se excitó a pesar de su confusión y de su ansiedad.

Ahora sabía que no le podría dar la noticia hasta el

día siguiente, porque él no estaba en condiciones de hablar con nadie.

–¿Por qué? –dijo él, repitiendo su pregunta.

Ella entrecerró los ojos, sin comprender nada.

–¿Qué pasa, Nikos? ¿Ha ocurrido algo?

Nikos se metió una mano en el bolsillo y sacó un sobre.

–Tu madre cree que nunca superaste lo nuestro. Cree que nunca has dejado de quererme.

Marnie se quedó momentáneamente boquiabierta.

–¿Y qué? No veo que importancia tiene eso. Lo que mi madre piense o deje de pensar sobre mis emociones es del todo irrelevante. Además, ¿qué cambiaría si fuera verdad? ¿Añadiría algo a nuestro matrimonio?

–Dime una cosa, Marnie... ¿Te mantuviste virgen porque aún me amabas?

En lugar de responder, Marnie se apartó.

–Maldita sea –bramó él–. Me abandonaste. Destrozaste lo que teníamos.

–Lo sé –dijo, rompiendo a llorar sin poder evitarlo–. Pero creía que habíamos superado ese asunto, que habíamos olvidado el pasado.

Él pegó un manotazo en la mesa.

–¿Por qué no volviste conmigo? ¿Por qué no me llamaste cuando te diste cuenta de que seguías enamorada de mí?

–Porque tú seguiste con tu vida. Y la mía no había cambiado en nada.

–Fuiste tan vehemente cuando me dejaste... Me convenciste de que yo no te importaba nada, de que nunca había significado nada para ti. Hasta repetiste las palabras de tu padre sobre mi inadecuado origen social –le recriminó.

–¿Es que no lo entiendes? ¡Tenía que hacerlo! –se defendió ella–. No te habrías resignado si no hubiera conseguido convencerte. Te dije eso porque era la única forma. Aunque esas palabras fueran lo contrario de lo que yo sentía.

Nikos respiró hondo.

–Entonces, ¿admites que has estado enamorada de mí todo este tiempo?

Marnie se quedó helada. Había hecho todo lo posible por disimular sus sentimientos. Pero Nikos la había pillado in fraganti. Y no en una mentira, sino en la verdad.

–Nunca habría hecho lo que hice si lo hubiera sabido –continuó él.

–¿A qué te refieres?

–A este matrimonio.

A Marnie se le hizo un nudo en la garganta.

–Te he usado como si fueras un vulgar objeto –declaró Nikos–. Ha sido el peor error de mi vida. Lo más bajo que he hecho nunca.

–¿Eso es lo que has estado haciendo? ¿Usarme? –preguntó ella, sollozando.

–Te obligué a casarte conmigo –dijo él con desesperación–, del mismo modo en que tus padres te obligaron a separarte de mí. Yo no soy mejor que ellos. De hecho, creo que mi delito es peor que el suyo.

Súbitamente, él abrió el sobre y sacó una hoja de papel, que le dio.

–Pero, al menos, puedo pagar por mis pecados.

Ella miró la hoja con desconcierto.

–¿Qué es esto?

–Una petición de divorcio.

Marnie bajó la cabeza y contempló el documento,

en el que aparecían sus nombres. Era exactamente lo que Nikos había dicho. Y se sintió tan mareada que se tuvo que apoyar en la encimera.

–¿Divorcio? –acertó a preguntar.

–Me equivoqué contigo. Lamento haber dicho lo que dije aquel día en mi oficina. Me enteré de que tu padre estaba al borde de la quiebra y se me ocurrió la idea que ya conoces. Actué por impulso, sin ser consciente del tremendo error que estaba a punto de cometer. Pero aún lo puedo arreglar.

Marnie lo miró con horror.

–¡No puedes deshacer nuestro matrimonio! ¡No puedes deshacer lo que somos!

–Ese documento dice lo contrario.

–¡Nikos, por favor! ¿Es que quieres dejarme?

–No, eres tú quien no puedes seguir conmigo. No así.

Marnie se llevó las manos a la cabeza, sin dejar de llorar.

–Me he encargado de que anulen el acuerdo prematrimonial –prosiguió–. Pero no tendrás que preocuparte por las finanzas de tu padre. Cumpliré mi palabra y...

–¡Escúchame! –lo interrumpió ella–. Mi padre no tiene nada que ver con esto. Nunca ha tenido nada que ver.

–Te casaste conmigo por él –le recordó–. ¿O no fue por eso?

Marnie decidió que había llegado el momento de confesarle toda la verdad. No podía decir que se hubiera casado por amor, pero tampoco podía negar que el amor había determinado sus acciones. Incluso en su enfado, incluso en su furia, porque no habría estado tan furiosa si no hubiera estado enamorada y dolida a la vez.

Pero, desgraciadamente, no se sentía con las fuerzas necesarias; así que probó una táctica distinta, intentando averiguar lo que pasaba.

—¿Por qué no me lo dijiste anoche? Fue una velada maravillosa. Bailamos, hablamos e hicimos el amor como si todo aquello hubiera quedado atrás, como si... no sé, como si empezáramos de nuevo.

Nikos sacudió la cabeza.

—Tienes que dejarme —insistió—. Permíteme que sea tan claro como lo fuiste tú hace seis años, cuando pusiste fin a nuestra relación. Márchate, Marnie, por el bien de los dos. Nuestro matrimonio es un error. Ni siquiera sé cómo pude hacer una cosa así. Márchate. Lo nuestro ha terminado, y deberías alegrarte.

Nikos salió de la cocina, y ella se preguntó si debía seguirlo o quedarse donde estaba y hacer lo que le había pedido que hiciera. Habría sido muy fácil; solo consistía en preparar las maletas y huir. Pero lo que venía después no sería fácil. Ya lo había abandonado una vez, y no se habría recuperado de aquella equivocación. Y ahora sería más duro, porque lo quería mucho más que entonces.

Ahora bien, ¿podía salvar su matrimonio contra la opinión de su marido?

Angustiada, volvió a mirar el documento. ¿Cuándo había hablado Nikos con su madre? Y si Anne sabía que siempre había estado enamorada de él, ¿por qué no había hablado con ella? ¿Por qué no había retirado la amenaza que la había empujado a romper su relación con el hombre de su vida?

Estaba tan frustrada que sintió la inexorable necesidad de gritar. Y gritó, aunque tapándose la boca para no hacer ruido.

Luego, abrió la puerta corredera que daba a la piscina, se acercó al borde y, tras quitarse el vestido por encima de la cabeza, se zambulló. El agua fue un bálsamo para sus destrozados sentidos, y se llevó las lágrimas que caían por sus mejillas.

¿Divorciarse?

¿Al mes siguiente de la boda?

¿Cuando estaba embarazada de él?

¿Estando enamorada de él?

Y sobre todo, ¿estando él enamorado de ella? Porque ahora sabía que Nikos estaba enamorado de ella.

Pero, en ese caso, ¿por qué le había pedido que se marchara?

Era lo más absurdo que había oído en su vida, tan absurdo que no lo podía entender. Pero no iba a permitir que la historia se repitiera. Lo amaba más que nunca, y ese amor no exigía que huyera, sino que se quedara allí y luchara.

Cuando Nikos se despertó a la mañana siguiente, supo dos cosas: que no había amanecido y que estaba solo en la cama. Después, se incorporó con intención de salir a correr, como hacía todos los días; pero descubrió que tenía una resaca terrible.

Y entonces, se acordó de lo sucedido, desde su conversación con Anne Kenington hasta su conversación con Marnie, pasando por los papeles del divorcio.

Fue tan doloroso que cerró los ojos con fuerza, como si así pudiera borrar el recuerdo; pero tuvo el efecto contrario, y lo recordó todo con más claridad: el convencimiento de que lo único que podía hacer para compensar su error era divorciarse; las lágrimas de Marnie cuando se lo dijo y su cara de incomprensión absoluta.

¿Qué demonios había hecho? Le había pedido que se marchara. Le había dicho que lo suyo había terminado.

Se levantó y se maldijo en voz alta, haciendo caso omiso de su jaqueca. ¿Dónde estaría Marnie?¿Se habría ido?

Un vistazo al vestidor bastó para que comprobara que su ropa seguía estando allí. Pero su alivio duró poco, porque si no se había ido, tendría que hablar con ella y aclarar las cosas, algo que no iba a ser fácil.

Entró en el cuarto de baño para adecentarse un poco antes de enfrentarse a su esposa. Se duchó rápidamente, se puso una toalla alrededor de la cintura y se cepilló los dientes. Ya no quedaba más dentífrico, así que tiró el tubo a la papelera, pero falló; y cuando se inclinó a recogerlo, vio una cajita extraña.

Al verla más de cerca, se quedó perplejo.

¿Una prueba de embarazo?

Eso no tenía ningún sentido. Marnie estaba tomando la píldora. Pero Nikos sabía que la prueba no podía ser de Eleni, lo cual significaba que, por algún motivo, su esposa se había sentido en la necesidad de hacerse una prueba.

Más desesperado que antes, se puso una camiseta y unos pantalones cortos y salió corriendo del dormitorio. Miró en todas las habitaciones de invitados, pero estaban vacías.

Presa del pánico, se preguntó qué pasaría si Marnie

se había quedado encinta. ¿Aún tendría la fuerza de voluntad necesaria para dejarla ir? Y si quería divorciarse de él, ¿sería capaz de respetar su deseo?

Su mente se llenó de preguntas a cual peor, entre las que destacaba una, más angustiosa que las demás: ¿Qué haría si se quedaba con él por el bien del bebé? Se conocía lo suficiente como para saber que no podría vivir con la certeza de haberla condenado dos veces a un matrimonio que nunca había querido.

Miró en el despacho de Marnie. No estaba.

Miró en el suyo. Tampoco.

Por fin, bajó a la cocina y la encontró.

Marnie estaba sentada en una silla, admirando el amanecer con ojos tristes y una cara más pálida que nunca.

Nikos se detuvo delante, se puso de cuclillas y preguntó:

—¿Has dormido?

Ella parpadeó, sin apartar la vista del paisaje.

—No me he marchado —dijo.

—Me alegro.

Marnie se giró hacia él y le lanzó una mirada cargada de confusión.

—¿Por qué, Nikos? ¿Por qué me diste los papeles del divorcio?

Él suspiró. Era un empresario implacable, y estaba acostumbrado a aprovechar los intereses de las personas en su propio beneficio, pero los actos de Marnie eran tan desinteresados como las fuerzas que los provocaban: el amor, la lealtad y el afecto. Y en cualquier caso, Nikos no quería que se quedara con él por lealtad o afecto, sino por lo primero.

—Yo diría que es obvio —contestó.

–Sí. Que no quieres estar casado conmigo.

Nikos sacudió la cabeza.

–No, que no quiero que estés casada conmigo por obligación.

Marnie volvió a apartar la mirada.

–¿Qué ha cambiado para que digas eso? Hasta hace poco, me habías dado un ultimátum –le recordó.

–Ha cambiado todo –dijo él, con una sonrisa amarga–. Me he dado cuenta de que no puedes obligar a nadie a casarse contigo.

–Pero ya me has obligado.

–Pues me equivoqué. Creí que hacerte mi esposa equivalía a hacerte mía. Y no funciona así –dijo–. Nunca serás capaz de olvidar que te extorsioné, y yo tampoco podré olvidarlo. Cada vez que te miro, veo el hombre en el que me he convertido y no lo puedo soportar. Me odio a mí mismo por lo que he hecho.

–Bueno, has ayudado a mi padre. No te podría odiar después de lo que has hecho por él.

–Marnie, tienes que liberarnos de esta condena –dijo en tono de ruego–. No puedo vivir sabiendo que te he hecho daño.

–Sí, me has hecho daño, pero yo también te lo hice –susurró–. Ahora estamos a la par.

Nikos se incorporó, se acercó a la puerta y contempló el exterior.

–Solo eras una adolescente dolida, que acababa de perder a su hermana. Heriste mi orgullo y me marché, cuando debería haberme quedado... Hace falta mucho valor para quedarse y luchar por lo que quieres, pero me sentí rechazado y me fui como un niño –declaró, metiéndose las manos en los bolsillos–. No te merezco.

–No habría servido de nada que te quedaras. Solo habrías conseguido que me enfadara más. Estaba convencida de que no tenía más opción que separarme de ti.

Nikos dio media vuelta y la volvió a mirar.

–Si estás embarazada, te apoyaré en todo lo que pueda. Me aseguraré que no os falte nada. Pero no permitiré que te quedes conmigo por el bien de nuestro hijo.

Marnie palideció un poco más.

–¿Nuestro hijo? ¿Cómo lo has sabido? –preguntó, sin intentar negarlo.

–He visto la caja en el cuarto de baño.

Marnie se maldijo para sus adentros. No se había molestado en esconderla porque tenía intención de hablar con él y darle la buena noticia.

–¿Es cierto? ¿Estás embarazada?

Ella asintió.

–Sí.

–Oh, Dios mío... –Nikos se llevó las manos a la cara–. Lo siento mucho, Marnie.

–¿Que lo sientes?

–Primero te extorsioné para que aceptaras un matrimonio que no querías. Te quité tu libertad, y ahora te la voy a quitar otra vez por el procedimiento de dejarte embarazada –respondió, desesperado–. Pero no quiero que te quedes por esa razón. Tienes que marcharte. Un bebé no justifica esta farsa.

–Lo sé –dijo entre sollozos.

Marnie se sumió en un silencio profundo, y él lo respetó hasta que se sintió en la obligación de decir:

–Si pudiera hacer algo por cambiar lo sucedido, lo haría. Créeme, por favor. Pero quiero que sepas una cosa, que no fui capaz de decirte anoche.

—¿Qué me tenías que decir?

Él respiró hondo.

—Que he comprado Kenington Hall y lo he puesto a tu nombre.

Marnie lo miró con asombro.

—¿Cómo?

Nikos suspiró y se volvió a poner de cuclillas.

—Adoras esa mansión, y yo quería asegurarme de que tengas todo lo que necesitas. Así, pase lo que pase con tu padre o con nuestro matrimonio, tendrás la seguridad del hogar donde creciste —dijo.

—No entiendo nada. ¿Desde cuándo es mía?

—Desde que me reuní con tu padre.

—¿Y ya estabas planeando divorciarte de mí? ¿Qué era eso entonces? ¿Una especie de premio de consolación? —preguntó, tan desesperada como él—. ¿Qué he hecho para molestarte tanto? Pensaba que lo nuestro iba bien...

—No has hecho nada malo, excepto enamorarte de un canalla arrogante como yo. Y no compré la casa porque quisiera divorciarme de ti, sino porque quería que tuvieras opciones, que supieras que tu familia y tú estaríais a salvo en cualquier caso —respondió Nikos—. Lo del divorcio se me ocurrió después de hablar con tu madre. Pero ya entonces, estaba decidido a darte la libertad que mereces.

—Tengo toda la libertad que quiero. Siempre la he tenido —dijo ella, más tranquila—. Sin embargo, no sé si te he entendido bien... ¿Estás insinuando que quieres que nuestro matrimonio sea un matrimonio de verdad?

—Quiero que me vuelvas a mirar como antaño, antes de que nos separáramos. Quiero poder mirarte a los ojos y sonreír con toda la fuerza de mi amor –sentenció, llevándose una mano al corazón.

Marnie soltó un suspiro de incredulidad.

–Pero deberías dejarme. Eso no cambiará lo que siento por ti –continuó–. Kenington Hall es tuya, tu padre está fuera de peligro y yo participaré tanto en la crianza del niño como tú quieras. La decisión es tuya, Marnie. Y quiero que decidas pensando en tu felicidad.

Marnie se levantó, incapaz de seguir sentada. Su tristeza había desaparecido por completo, pero también su aplomo. Estaba verdaderamente furiosa.

–¡Eres el mayor idiota del mundo! –gritó con toda la fuerza de sus pulmones–. ¡Siempre te he amado! ¡Siempre! Incluso cuando yo misma creía que no te amaba... ¡Me casé contigo! Y no tenía por qué. La situación de mi padre no me obligaba en absoluto. Pero solo había un hombre con el que me pudiera casar, y ese hombre eres tú.

Nikos no supo qué decir, pero ella estaba lejos de haber terminado.

–Tienes razón cuando dices que tendrías que haberte quedado y haber luchado por lo nuestro. No creo que hubiera cambiado nada, pero es lo que se hace cuando estás enamorada de una persona. No huyes sin más, y yo no voy a huir ahora. Te amo, Nikos. Aunque, a veces, no sepa por qué.

–Marnie...

–No, deja que termine –bramó–. Estaba furiosa contigo cuando nos casamos. ¿Cómo se pudo ocurrir la estupidez de extorsionarme? Sin embargo, seguía enamorada de ti. Y todos los días y noches de nuestro matrimonio han sido como abrir un regalo poco a poco, abriéndome paso hacia tu corazón.

–Y yo he hecho todo lo posible por alejarte.

–Sí, lo has hecho, pero también has hecho todo lo posible por lo contrario. Y lo has hecho tan bien que he podido ver tu alma –replicó–. ¿Cómo te atreves entonces a pedirme el divorcio, como si nuestro amor dependiera de un contrato que solo puedes romper tú?

Sorprendido por su ira, Nikos le puso una mano en el hombro, pero ella la apartó.

–No has dejado de recordarme que te abandoné con toda la frialdad del mundo, como si mis sentimientos tuvieran un interruptor y lo pudiera apagar o encender según me convenga. Pero no lo tienen. Cometí el peor error de mi vida cuando te abandoné, y no lo voy a repetir. Si quieres divorciarte de mí, dímelo. Pero no me digas que me vaya porque te parece lo mejor para mis intereses. Quiero estar donde estoy, aquí, contigo.

–¿Cómo es posible? Me he comportado como...

–Como quien eres, Nikos –lo interrumpió–. Un hombre decidido, arrogante y bueno.

–¿Bueno? –dijo él, asombrado.

–Sí, exactamente. ¿Crees que alguno de los dos sabía lo que estaba haciendo? Saberlo de verdad, quiero decir –puntualizó–. Ni tú mismo te diste cuenta, pero querías ayudar a mi familia. Esa fue la verdadera fuerza impulsora de tus actos.

Nikos sacudió la cabeza y abrió la boca para discutírselo, pero ella le puso un dedo en los labios.

–De todas formas, tus motivos carecen de importancia. Nunca te guardaré rencor por lo que has hecho. ¿Cómo podría? Te echaba mucho de menos, y ahora eres mío. Porque eres mío, ¿no es cierto?

Él la abrazó con todas sus fuerzas.

–Soy tuyo, completamente tuyo, hasta el fin de mis días. Y tú eres lo mejor de mí.

Tras unos momentos de silencio, Nikos dio un paso atrás, sonrió y le puso una mano en el estómago.

–Lo del bebé no entraba en nuestros planes.

–Ni en los míos, pero es obvio que tiene sus propias ideas. Parece que ha heredado tu determinación.

Él rio.

–Ojalá que se equilibre con tu inteligencia y tu calidez.

–Sospecho que lo descubriremos dentro de ocho meses –ironizó.

–¿Te alegras de estar embarazada?

–¿Que si me alegro? Cuando lo descubrí, estaba tan contenta que quería saltar por los tejados. Y sí, es verdad que no entraba en nuestros planes, pero yo diría que los mejora.

–¿Cuándo lo empezaste a sospechar?

–¿Que estaba esperando un niño? Cuando estábamos en el avión, volviendo a Grecia.

–Dios mío... y yo te dije que te marcharas –declaró él, sacudiendo la cabeza–. Pero lo dije por tu bien, Marnie. No quería que te fueras. Lo sabes, ¿no?

Marnie asintió.

–Nunca te había visto borracho.

–Porque nunca lo estoy. Solo me había emborrachado una vez, después de que tu padre me diera dinero a cambio de que me fuera. Lo acepté, y me sentí el hombre más miserable del mundo.

–No digas eso –le rogó ella, apoyando la cabeza en su pecho–. Mi padre se habrá llevado un buen disgusto por tener que venderte Kenington Hall.

–Bueno, digamos que no tuvo más remedio que

152

aceptarlo –replicó–. La vida es de lo más curiosa. Pensé que disfrutaría de ese momento, que me alegraría de tener a Arthur Kenington a mis pies. Pero solo te veía a ti, y comprendí que te amo por lo que eres, y que eso incluye a tu familia. Ahora que lo pienso, tienes razón. He ayudado a tu padre porque te amo. No ha sido a cambio de nuestro matrimonio.

Marnie lo miró con ojos brillantes y dijo, sonriendo:

–En ese caso, no has cumplido tu parte del acuerdo.

–No, supongo que no. Pero quizá te pueda indemnizar.

Ella se llevó un dedo a la barbilla y fingió que lo estaba sopesando.

–Deja que me lo piense. Sí, se me ocurren un par de cosas que...

Súbitamente, Nikos la tomó en brazos y la llevó a un sofá, donde la besó.

–¿Qué te parece si te indemnizo ahora? –preguntó él.

–Espero que mi indemnización dure mucho más que una noche.

–¿Bastará con el resto de nuestras vidas?

Marnie suspiró, excitada.

–Sí, es posible.

Epílogo

Un año después

Marnie y Nikos llevaban casi un año de matrimonio, pero ella lo seguía deseando como el primer día. Y cuando lo vio en la piscina, contemplando el Egeo, no supo si arrojarse sobre él y hacerle el amor o decirle cuatro cosas por lo que acababa de ver en el vestíbulo: una escultura de hielo.

–¿Un cisne? ¿En serio? –preguntó con incredulidad.

–Sí, en serio.

–Pero es verano –le recordó.

–Falta poco para el otoño.

–Pero aún es verano –insistió ella–, y hace un calor de mil diablos. Se va a derretir antes de que llegue la gente.

–¡Pues nos lo beberemos! –declaró con humor–. Además, no bautizamos a una niña todos los días.

Marnie sacudió la cabeza y sonrió.

–Cambiando de tema, me acaban de decir que alguien ha hecho una donación de lo más generosa a la organización para la que trabajo.

–Bueno, no querías que te hiciera más regalos, porque dices que tienes todo lo que necesitas. Pero me pareció un buen gesto.

–Es demasiado dinero, Nikos.

–Por una causa que significa mucho para ti y, en consecuencia, también para mí. No he olvidado lo que dijiste aquella noche, cuando estábamos en el restaurante... que, gracias al esfuerzo de personas como tú, cabía la posibilidad de que las chicas como Libby tuvieran más posibilidades de sobrevivir.

–Está bien. En ese caso, te doy las gracias –replicó ella, emocionada por su comentario–. Pero, ¿por qué hemos tenido que invitar a tanta gente?

Nikos le dio un beso y contestó:

–Para que vean mi estatua de hielo, por supuesto.

Marnie alzó los ojos al cielo en gesto de desesperación.

–Ah, si tuviéramos una hora más antes de que lleguen los invitados... –continuó él–. Pero te haré una promesa.

–¿Cuál? Soy todo oídos –dijo ella con picardía.

–Que, en cuanto estemos a solas, te demostraré lo que siento por ti cada vez que te miro.

–Más te vale –le advirtió Marnie, encantada.

Justo entonces, Arthur y Anne Kenington salieron de la mansión de Nikos y caminaron hacia ellos.

–Tus padres acaban de llegar –le informó él.

Marnie se giró y los miró. Anne estaba tan elegante y bien vestida como siempre, a pesar de que venían directamente del aeropuerto. En cambio, Arthur había cambiado bastante desde la última vez: llevaba el pelo más largo y, en lugar de uno de sus trajes, se había puesto un polo y unos chinos de color beige.

–Querida, hay un charco en el vestíbulo –dijo Anne.

–Será la escultura de hielo –dijo Marnie, que guiñó un ojo a su marido–. Gracias por venir, mamá.

–De nada. ¿Dónde está nuestra nieta?

–Con su tío. Bueno, su tío honorario.

Anderson apareció entonces con la niña entre los brazos.

–¿Honorario? Ese tipo no tiene nada de honorable –bromeó Nikos–. A diferencia de ti, esposa mía.

Marnie sacudió la cabeza y extendió los brazos hacia la pequeña Elizabeth, a la que todos llamaban Lulu. Pero la niña solo tenía ojos para su padre.

–Vaya, ya ha vuelto a hacer lo mismo –protestó Marnie con humor–. ¿Siempre va a ser así?

–Eso es porque no suelo estar cuando se despierta.

–Ya. Y porque la mimas demasiado –puntualizó ella. Pero está bien, no me sentiré ofendida.

Fue una tarde encantadora, una tarde llena de alegría. Y cuando los invitados se fueron y la niña se durmió, Marnie fue a buscar a su marido, que estaba en el patio, mirando la luna.

Tras acercarse a él, le pasó un brazo alrededor de la cintura. Nikos, siempre dispuesto a hacer cualquier cosa por su mujer, se quitó la chaqueta que llevaba y se la puso por encima de los hombros.

–Así no pasarás frío, *agapi mu*.

–Gracias –dijo ella–. ¿Te he comentado alguna vez que odiaba que me llamaras eso?

–¿Ah, sí?

–Me recordaba lo que quería de ti, lo que dudaba que tú sintieras.

–¿Lo dudabas de verdad?

Marnie no contestó.

–Te llamaba eso porque, por muy mal que estuvieran las cosas, necesitaba pensar que podríamos volver a enamorarnos –continuó él–. Necesitaba saber que tenía derecho a estar contigo.

–Ah, entonces eras tú el que dudaba...

–No lo dudé ni por un segundo. No quería un mundo sin ti.

–¿Por eso me extorsionaste? –preguntó en tono de broma.

–¿Es que no me vas a perdonar en toda tu vida? –replicó Nikos.

–¿Perdonarte? Bueno, no sé –dijo, fingiendo no estar segura–. Pero se me ocurre una forma de vengarme.

Nikos sonrió.

–Tus deseos son órdenes para mí. Aunque, en este caso, también son los míos.

Nikos Kyriazis besó a su esposa y la llevó al interior de su hogar, porque eso es lo que era: un hogar, no la simple casa que había sido al principio. Ahora estaba llena de afecto. Era el hogar que compartía con Marnie y Lulu, del mismo modo en que compartía con ellas su corazón y su alma.

Para ser un hombre que nunca había creído en el amor, estaba rodeado de él por todas partes. Y tuvo la certeza de que siempre lo estaría.

Bianca

El apasionado despertar de una mujer inocente

COMPROMISO INCIERTO

MELANIE MILBURNE

El inflexible playboy Blake McClelland era el rey en la sala de juntas y en el dormitorio. Así que cuando necesitó una prometida para cerrar el acuerdo más importante de su vida, la solución que pensó fue tan fría como él mismo: escogería a una mujer lo suficientemente inocente como para convencer al mundo de que era un hombre reformado.

Tras haber sido abandonada en el altar, la tímida Tillie Toppington no tenía ninguna prisa en ponerse el anillo de otro hombre. La cínica proposición de Blake le resultó escandalosa, ofensiva-mente desmesurada... ¡por supuesto que debería negarse! A menos que se atreviera a rendirse a los desconocidos placeres que encerraban su pecadora mirada...

Acepte 2 de nuestras mejores novelas de amor GRATIS

¡Y reciba un regalo sorpresa!

Oferta especial de tiempo limitado

Rellene el cupón y envíelo a

Harlequin Reader Service®
3010 Walden Ave.
P.O. Box 1867
Buffalo, N.Y. 14240-1867

¡Sí! Por favor, envíenme 2 novelas de amor de Harlequin (1 Bianca® y 1 Deseo®) gratis, más el regalo sorpresa. Luego remítanme 4 novelas nuevas todos los meses, las cuales recibiré mucho antes de que aparezcan en librerías, y factúrenme al bajo precio de $3,24 cada una, más $0,25 por envío e impuesto de ventas, si corresponde*. Este es el precio total, y es un ahorro de casi el 20% sobre el precio de portada. !Una oferta excelente! Entiendo que el hecho de aceptar estos libros y el regalo no me obliga en forma alguna a la compra de libros adicionales. Y también que puedo devolver cualquier envío y cancelar en cualquier momento. Aún si decido no comprar ningún otro libro de Harlequin, los 2 libros gratis y el regalo sorpresa son míos para siempre.

416 LBN DU7N

Nombre y apellido	(Por favor, letra de molde)	
Dirección	Apartamento No.	
Ciudad	Estado	Zona postal

Esta oferta se limita a un pedido por hogar y no está disponible para los subscriptores actuales de Deseo® y Bianca®.
*Los términos y precios quedan sujetos a cambios sin aviso previo.
Impuestos de ventas aplican en N.Y.

SPN-03   ©2003 Harlequin Enterprises Limited

*Él se había acostado con ella y
había desaparecido de su vida...*

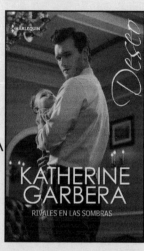

RIVALES EN
LAS SOMBRAS

KATHERINE GARBERA

Cari Chandler no había olvidado a Declan Montrose; su bebé
era un continuo recordatorio. El multimillonario, enemigo acérri-
mo de la familia de Cari, había salido de su vida a la mañana
siguiente de acostarse con ella, pero ahora había vuelto con
ganas de venganza.

El último paso para salir vencedor de la larga contienda entre
sus familias era hacerse con la empresa de Cari. Pero para Dec,
ella era más que un daño colateral: deseaba seducirla una y otra
vez. Hasta que descubrió que lo que ocultaba era mucho más
valioso que su empresa, era el hijo que había tenido con él. Dec
estaba dispuesto a arrebatárselo sin importarle a qué precio.

¡YA EN TU PUNTO DE VENTA!

Bianca

¿Estaba listo para enfrentarse a la verdad que ella le estaba haciendo ver?

SUTIL SEDUCCIÓN

SUSAN STEPHENS

Luca Tebaldi se había pasado toda la vida tratando de distanciarse del imperio familiar. Por ello, se sintió furioso cuando una cazafortunas se hizo con todas las propiedades de su fallecido hermano y le obligó a regresar.

Decidido a conseguir que Jen Sanderson confesara cómo había logrado engañar a su hermano, y renunciara a todo lo que este le había dejado, se la llevó a su isla siciliana.

Sin embargo, Luca descubrió que Jen era inocente en más de un aspecto. La sensual mujer lo desafiaba y enardecía sus sentidos.